KB040512

하이힐을 신고
휠체어를 밀다

'나'를 포기하고 싶지 않은
사람에게 전하는
어느 모자의 이야기

하이힐을 신고
휠체어를 밀다

하타케야마 오리에 지음

김여울 옮김

더봄

하이힐을 신고
휠체어를 밀다

제1판 1쇄 인쇄 2024년 4월 12일
제1판 1쇄 발행 2024년 4월 15일

지은이 하타케야마 오리에
옮긴이 김여울
펴낸이 김덕문
책임편집 손미정
영업책임 이종률
디자인 블랙페퍼디자인

펴낸곳 더봄
등록일 2015년 4월 20일
주소 인천시 중구 흰바위로 59번길 8, 1013호(버터플라이시티)
대표전화 02-975-8007 ‖ **팩스** 02-975-8006
전자우편 thebom21@naver.com
블로그 blog.naver.com/thebom21

한국어 출판권 © 더봄, 2024
ISBN 979-11-92386-23-2 03830

당신의 내일이 오늘보다 희망으로 가득차길

또각또각, 또각또각······.

주차장까지 이어지는 녹색 잔디를 좌우로 바라보며 나는 걸음을 서둘렀다. 콘크리트 바닥을 울리는 핀힐(굽 끝이 뾰족한 하이힐-역자주) 소리가 '빨리빨리'라고 재촉하는 것 같다.

오늘 신은 다이아나 브랜드의 8센티 검정색 하이힐은 벌써 네 번이나 다시 산 구두다. 가죽 소재로 되어 있어 발이 편하고, 악어 가죽 무늬의 디자인으로, 몇 년째 내 최애 신발이다.

출근할 때는 물론 청바지에도, 정장이나 타이트스커트에도 잘 어울리는, 활용도 100%의 구두다.

오늘은 아들과 함께 대학 강의를 하러 가는 날.

대학까지는 잘 가면 차로 한 시간. 그러나 분명 길이 막힐 테니 한 시간 반에서 두 시간은 예상하는 게 좋다.

시간만 생각하면 지하철로 가는 게 더 빠르지만 출퇴근 러시아워 때의 전철은 난이도가 너무 높다.

아무리 그래도 지각은 말도 안 되니, 10시 40분에 시작하는 강의 시간에 맞추기 위해 이렇게 아침 8시가 조금 넘은 지금, 서둘러서 주차장으로 가고 있는 것이다.

앞서 가는 아들이 재촉을 했다.

"빨리빨리!"

"아, 알겠다고!"

아침의 5분을 만만하게 보면 안 된다. 특히 주부에게 있어서 아침의 5분은 밤의 30분과도 맞먹는다.

"그러니까 막 나가려는 참에 료상(아들)이 '화장실!'이라고 하니까 늦어진 거 아니니?"

물론 생리현상이니까 어쩔 수 없다. 하지만 나는 아들에게 잔소리를 하며 오늘 아침의 부엌을 떠올렸다.

'또 설거지를 못 했네.'

결국 오늘 아침도 부엌에 설거지거리를 산더미처럼 쌓아둔 채

하이힐을 신고 휠체어를 밀다

집을 나왔다. 일을 마치고 돌아온 뒤 "이런……"이라고 탄식이 터져 나올 만큼 어수선한 주방이 눈에 들어올 때의 참담한 심정이란.

"후유."

작게 한숨을 쉰다. 돌아와서 저녁밥을 하면서 설거지를 할 수밖에.

'아, 가스불은 껐나?'

허걱, 걸음을 멈추고 생각해 본다.

"오리에상, 또 가스불 켜놓고 나갔던데요!"

어제도 남편에게 한소리 들었다. 평소에도 건망증이 심하지만 일이 있는 날에는 더 자주 잊어버린다.

그러고 보니 지난번에 같이 쇼핑을 나간 딸이 내 손에 뭔가를 쥐어줬다. 그것은 '기억력이 좋아져요'라고 적힌 껌이었다. 별 생각 없이 딸을 쳐다보는 나에게 아이는 그저 한마디 툭 던졌다.

"사 둬."

가족 모두가 나의 기억력을 걱정하고 있다.

일을 마치고 돌아왔을 때 집이 잿더미가 되어 있으면 곤란하니까, 현관을 나서기 전의 행동을 머릿속에서 되돌려 본다.

남편의 도시락을 만들고, 그 뒤 아이들의 아침밥을 만들었다.

오늘은 바삭바삭하게 구운 베이컨과 반숙 달걀프라이(반숙이 되는 것은 세 번 중에 한 번이나 될까 말까다. 오늘 아침은 성공!), 그리고 토스트.

두꺼운 토스트에 꿀을 잔뜩 뿌려 먹는 것이 지금 우리 집의 트렌드다. 딸과 나는 한 장, 아들은 두 장. 참고로, 남편은 아침은 안 먹는다.

불을 사용한 것은 이때뿐이었다.

"괜찮아."

애써 고개를 끄덕이고 다시 걷기 시작한다.

"엄마!! 오빠!!!"

아파트 앞 공원에서 먼저 집을 나섰던 세일러복 교복을 입은 딸 츠카사가 팔을 크게 흔들고 있었다.

"안녕히 다녀오세요! 조심해!!"

"고마워, 츠짱(딸)도!!"

"네에! 사랑해!!"

"엄마도 사랑해!!"

빙긋 웃고 있는 아들 옆에서 나도 질세라 딸에게 팔을 크게 흔들었다.

세 살 연상의 샐러리맨인 남편과 스물세 살의 아들. 열 살 터울의 딸. 우리는 그렇게 평범한 4인 가족이다.

단 하나, 내가 아들이 타고 있는 휠체어를 밀고 있다는 것만 빼면.

"집을 나가고 싶어. 그러니까 나를 임신시켜 줘."

지금으로부터 24년 전. 만 열아홉 살의 나는 만난 지 3개월밖에 되지 않은 남자친구에게 부탁했다.

당시의 나는 가족 안에서 나의 자리를 찾지 못한 상태였다.

사랑이라는 이름의 폭언과 폭력이 무서워서, 부모님이 생각하는 정답에 맞추어 좋은 딸이 되기 위해 안간힘을 쓰고 있었다.

그리고 그런 자신을 마음속으로 늘 경멸하고 있었다.

나는 무엇을 위해 살아가고 있는 것일까. 무엇을 위해 태어난 걸까.

답을 찾지 못한 채 그저 반복되는 나날을 의미 없이 살아가고 있었다.

여기서 나가고 싶어.

나답게 살고 싶어.

그리고 나는, '임신'이라는 단어를 들이밀고, 당황하는 부모님을 뒤로 한 채 집을 뛰쳐나왔다. 그런데……, 그렇게 태어난 아들은 중증의 뇌성마비였다.

만약 당신의 아이에게 장애가 있다고 한다면, 당신은 어떨 것 같은가.

절망할까.

아니면 앞으로 나아지지 않을까 하는 희망을 가질까.

이 책은 누구보다 자신감이 없고 스스로를 믿지 못하던 소녀가, 장애를 갖고 태어난 아들을, 누구보다 자신을 믿을 수 있는 아이로 키우겠다고 다짐하고, 23년간 도전해 온 모자와 가족의 성장기록 이다.

이 책을 다 읽고 나면, 당신의 내일이 오늘보다 희망으로 가득 찰 것이다. 그러길 바란다.

한 번도 신지 못한 신발

'아이가 걸을 수 있기를.'

정갈하게 글자를 썼다.

아들인 료카가 두 살 생일을 맞을 때쯤, 어느 신사에서 에마(소원을 적어 걸어두는 얇은 나무 조각-역자주)를 바라보며 고민했다.

'원하는 것을 쓰면 무엇이든 하나는 이루어진다.'고 하는 에마에 무엇을 적을까, 나는 하룻밤을 고민했다.

손에 들고 있는 에마가 싸늘해졌다.

아이에 대한 애정 같은 건 언제 어떻게 배우는 걸까. 부모가 되면 저절로 알게 되는 것일까, 부모가 되기 전부터 타고나는 것일까, 어떤 형태가 정답인 걸까, 어떤 감정이 당연한 것일까.

열아홉 살. 비교적 젊은 나이에 엄마가 된 탓일지도 모른다. 연애 이외의 사랑의 형태는, 어쩐지 막연하고 확신이 서지 않았다. 뚜렷한 윤곽을 느끼지 못하고, 매일 그리는 궤적이 겹치는 듯 겹치지 않았다.

그래서 항상 불안했다.

손끝에서 시선을 올리자 맑은 파란색이 눈에 들어왔다.

2년 전, 친구가 "출산 축하해" 하며 선물해 준 작은 뉴발란스 운동화. 손바닥보다 작은 그 운동화는 이제 아이에게는 너무 작다.

장식장에 놓아둔 채 결국 단 한 번도 신길 수 없었다. 앞으로도 계속 새것일 운동화.

눈에서 눈물이 흘러내려 펜을 든 손을 적셨다. 미지근한 눈물이 무언가를 녹여낸다.

걷지 못해. 우리 아이는 걷지 못해.

알고 있다, 우리 아이는 걷지 못한다는 것을.

그 신발을 신고 걸을 날은 영원히 오지 않을 것임을, 나는 알고 있다.

손이 움직인다.

방금 쓴 글자를 검게 뭉개버리고 새로 글씨를 써내려간다.

'아이가 자신을 믿고 살아갈 수 있기를'

'아이가 많이 웃을 수 있기를'
'아이가 사람들을 사랑하고, 사랑받을 수 있기를'
'아이가 자신의 꿈을 찾을 수 있기를'
'아이의 인생이 빛나기를'

손은 계속 움직였다. 마음은 고요했다. 에마가 글씨로 빼곡해진 것을 깨닫고 펜을 천천히 내려놓았다. 깊은 곳에서 밀려오는 가늘고 긴 숨.

마르지 않은 잉크를 피해 살짝 가장자리를 잡는다. 불경하게 들고 있지만 어쩔 수 없다.

손끝에 조금 힘을 주자 차분한 안도감이 느껴졌다.

수많은 소원으로 가득 찬 에마. 이루어지는 것은 하나뿐일 텐데.

많이, 이렇게도 많이, 내 안에, 아이에 대한 생각이 있었다.

내 안에, 가득 차 있었다. 아이에 대한 애정이. 엄마로서의 애정이.

그리고, 아이가 걸을 수 있기를 바라는 것은 이제 그만두어야겠다.

그렇게, 자신과 약속했다.

'우리 아이도 분명 언젠가는 걸을 것이다.'

여태까지는 마음 한편에서 그 절실한 희망을 놓지 못하고 있었다.

걸을 수 없으면, 앞으로 나아갈 수 없는 것이라고 생각하고 있었다.

걸을 수 없으면, 아무것도 시작할 수 없다고 생각하고 있었다.

걸을 수 없는 아이에게는, 그리고 걸을 수 있게 해줄 수 없는 나에게는, 앞날이 없다고 생각하고 있었다.

'나는 우리 아이를 사랑하고 있어.'

조금 멀리 돌아왔지만, 아이가 태어나고 2년이 지난 그날 밤. 비로소 부모로서 아이를 사랑하는 첫걸음을 내디뎠다는 기분이 들었다.

하이힐을 신고 휠체어를 밀다

제1장

만
남

처음 뵙겠습니다

"목욕이라도 할까?"

그날 밤도 멍하니 보고 있던 TV를 껐다. 혼잣말을 하고 일어나 세면장으로 갔다.

딸깍, 하고 스위치를 켜면 어딘가 차가운 느낌이 드는 불이 켜진다. 다음에 전구가 나가면 주광색으로 바꿔야지. 그런 생각을 하며 세면대 옆에 놓여 있던 마사지 소금을 손에 들고 문을 닫았다.

우왓!

순식간에 시야가 가려지고, 뜨거운 김이 몸을 감쌌다. 바가지로 욕조의 물을 떠 대충 몸에 끼얹고 욕조에 몸을 담갔다.

이런 밤에는, 드라마에 나오는 것처럼 얼굴의 반을 욕조에 담그고 코로 숨을 내쉬며 보글보글 물거품을 만들어 보고 싶기도 하다. 그런데, 배가 고파서 어쩔 수 없이 그만두었다. 대신 "아-아" 소리를 내며 길게 한숨을 내쉬었다. 불만스러운 목소리가 욕실에 울려 퍼져 괜히 기분만 처졌다.

기분 전환을 위해 욕조에서 나와 머리를 감고 소금을 집어 종아리에 문질렀다. 까칠까칠한 감촉은 금방 녹아버렸지만 나는 발목에서 무릎 뒤로, 반복적으로 두 손을 문질렀다. 임신 중에는 몸이 붓기 쉽다. 발목에는 양말 자국이 움푹 패여 있었다.

움푹 팬 자국이 없어지고 나서 샤워를 하고 목욕탕을 나왔다. 수건을 펼쳐 얼굴, 팔, 배, 다리의 순서로 닦아냈다. 언제나처럼 마지막으로 머리카락을 닦고 있을 때였다.

"어?"

다리의 안쪽이 젖어 있었다. 살펴보니 뭔가가 흘러내리고 있었다. 순간 깨달았다. 양수가 터졌구나.

'양수가 터지면, 감염의 우려가 있으니 바로 병원에 연락하세요.'

맞아, 〈타마고클럽〉(출산준비 잡지)에 적혀 있던 것이 생각났다. 몇 번이나 읽었더니 한 구절, 한 구절이 정확하게 머릿속에 떠올랐다. 급하게 핸드폰을 손에 들고 전화를 걸었다.

따르릉 따르릉 따르릉…….

하이힐을 신고 휠체어를 밀다

안 받는다. 끊고, 다시 건다.

따르릉 따르릉 따르릉…….

안 받는다.

그 순간에도 다리에 전해오는 따뜻한 물과 같은 액체는 멈출 줄 모르고 흘러나오고 있었다. 어떻게 해야 할지 몰라서 일단 손으로 막으면서 다시 전화를 걸었다.

따르릉 따르릉 따르릉…….

부탁이야, 받아 줘. 아니 당장 받으라니까. 점점 말투도 아저씨처럼 되어갔다. 빌기도 하고, 기도하기도 하고, 화내기도 하고, 저주하기도 하면서, 전화벨 소리에만 집중했다.

"여보세요!"

받았다!!

뒤에서 떠들썩한 소리가 들려왔다.

"뭐야?!"

파친코의 뽕뽕, 하는 소리 때문에 잘 안 들리는지, 남편은 소리를 지르다시피 했다.

"저기- 잘 모르겠지만 양수가 터진 것 같아! 그래서 병원에 가고 싶으니까 빨리 돌아왔으면 좋겠어!!!"

나도 지지 않고 소리를 질렀다.

"알겠어!"

평소에는 게임을 중간에 그만하고 오라고 하면 엄청 투덜거리던 남편이지만 오늘은 곧바로 집으로 돌아왔다. 남편이 운전하는 차로 집에서 15분 정도 걸리는 야간 단골 응급실로 향했다. 평소와는 달리 뒷문으로 들어가자, 누워서 졸고 있는 아이들과 아이들을 안고 있는 부모들 몇 쌍이 눈에 들어왔다.

간호사의 간단한 질문과 처치 후 정신을 차려보니 분만대 위에 누워 있었다.

"자궁경부가 충분히 열릴 때까지 기다립시다."

간호사는 그렇게 말을 남기고 방을 나갔다. 배가 아파. 이게 진통인 건가. 그런 것을 생각하면서 때를 기다렸다. 그러나 좀처럼 간호사가 말한 크기만큼 자궁경부가 열리지 않았다.

결국 규정된 크기에 도달하기 전에 "아기 심장 박동이 약하다"고 해서 긴급하게 제왕절개를 하게 되었고, 나는 전신마취 후 잠이 들었다.

수 시간 후. 눈을 뜬 나는 배가 텅 빈 것 같은 느낌에 우선 놀랐다. 그리고 얼마나 지났을까. NICU(신생아 중환자실)의 문을 열자

하이힐을 신고 휠체어를 밀다

신생아 침대에 많은 아기들이 나란히 누워 자고 있었다.

그 통로로 한 줄 안으로 들어가자 침대 대신에 늘어선 투명한 상자 몇 개가 눈에 들어왔다. 살짝 들여다보자 침대에서 잠들어 있는 아기들과는 현저히 크기가 다른, 작디 작은 아기들이 투명한 상자 안에 각각 잠들어 있었다.

오른쪽에서 두 번째에 '하타케야마 아기'라고 적힌 이름표를 발견했다. 투명한 상자 안에는 여러 가지 색깔의 모니터에 연결된, 기저귀에 반쯤 파묻히듯 잠든 유난히 작은 아기가 있었다. 가슴팍이 오르락내리락하는 것이 살아있음을 유일하게 증명하는 듯했다.

"이 아이가…… 제 아기인가요?"

남의 일처럼 말하는 나에게 간호사는 웃는 얼굴로, "맞아요."라고 고개를 끄덕였다.

"네……."

얼굴을 조금 가까이 갖다 대고 아기를 보았다. 조금 전까지만 해도 내 배 안에 있던 아이. 처음 느끼는 신기한 감정이었다. 갑자기 양수가 터지나 했더니 지금은 눈앞에 있다. 가까운데 멀다. 이것이, 료상(료카, 아이를 존중하는 표현으로 상을 붙여서 부르고 있음 - 역자주)과 나의 첫 만남이었다.

재떨이

내가 태어나고 자란 집은, 아빠는 공무원, 엄마는 전업주부인 가정이었다. 엄마는 어쩌다 파트 타임 알바를 할 때도 있었는데, 집안일에 방해가 되지 않는 선에서만 일을 했다.

달걀프라이에 간장을 뿌리는지, 소스를 뿌리는지가 각 집안의 고유한 방식인 것처럼, '아빠는 밖에서 일하는 사람, 돈을 버는 사람', '엄마는 집에 있는 사람, 가사나 육아를 하는 사람' 그런 방식으로 살아가는 집에서 살았고, 그 외의 다른 형태는 생각한 적도 없었다.

그렇게 보고 자랐기 때문인지 나 역시 결혼생활 동안 '가사나 육아를 하는 역할'에만 충실하기로 다짐했다.

어느 날 오전 중의 일과를 써 보자.

AM 06:00 기상. 도시락을 만들고, 그 사이에 세탁기를 돌리고 아침식사를 준비한다.

AM 06:30 료상, 울음을 터트리며 기상. 남편도 기상. 아이를 한 손으로 안고 아침 준비를 한다. 남편이 아침을 먹는 동안에 우유를 먹인다.

AM 07:00 남편 출근. 계속 울고 있는 료상을 업고 빨래 등을 한다.

AM 08:00 아침 식사. 아이를 업은 채 달래면서 선 채로 빵을 입에 집어넣는다.

AM 08:30 청소.(료상에게는 유아방송을 틀어준다. 보고 있는지는 모르겠지만 보고 있다고 하자.)

AM 10:00 슈퍼에서 장보기.

AM 11:00 료상 우유 → 재우기.

AM 12:00 료상 취침. 드디어 혼자만의 시간. 겨우 앉아서 뭐든 마신다.

PM 01:30 료상 기상. 우유 먹이기, 그림책 읽어주기. 산책하기.

아마 알아차렸겠지만, 육아 중에 엄마가 유일하게 숨이라도 쉴 수 있는 시간은 아이가 잘 때뿐이다. 물론 개인차는 있겠지만 전 세계의 엄마들은 대부분 마찬가지일 거라고 생각한다.

하루 중 오전, 오후에 있는 아이의 낮잠 시간을 이용해 아이가 깨어 있을 때는 할 수 없는 일을 한다. 앉아서(!) 커피를 마시고, 앉아서(!) 늦은 점심식사를 하고……. 어쨌든 아이가 일어나 있을 때는, 엄마에겐 한숨 돌릴 시간조차 없다. 설령 있다 하더라도 편하게 쉬거나 자신이 좋아하는 일을 하면 무언가 죄책감을 느끼게 된다.

아무튼 아이가 낮잠을 자는 시간이 유일하게 마음 놓고 활용할 수 있는 나만의 시간이다.

그러니까 아이를 어린이집에 맡길 수 있게 되어 직장을 다니면서 처음 느낀 것은 '이 무슨 온전한 자유란 말인가!'였다.

물론 직장은 노는 곳이 아니다. 그렇더라도, 어떤 일이든, 자신만의 페이스로, 기본적으로는 아무에게도 방해받지 않고, 자신이 생각하는 대로 일을 진행할 수 있다.

반면 육아는 오롯이 아이의 페이스에 맞추어야 한다. 엄마의 사정 따위, 존재하지 않는다. 생각대로 진행되지 않는 것도 너무나 당연하다. 하고 싶은 일을 할 수도 없고, 가고 싶은 곳에도 갈 수 없다. 이것은 상상 이상으로 스트레스다. 일하기 시작하고 나서 통감한 것은 '엄마 역할' 이상으로 힘든 것은 없다는 것이다.

나는 전 세계의 엄마들을 마음 깊이 존경하고 있다. 엄마들이여, 자부심을 가져도 좋다.

자, 이야기를 다시 되돌리자. 그 와중에도 어떻게든 좋은 엄마, 좋은 아내가 되기 위해서 열아홉 살의 나는 고군분투하고 있었다. 그러나 료상은 남들과는 조금 달랐다.

육아의 지침으로 삼고 있던 당시 인기 있던 육아잡지에는, '200cc의 우유는 순식간에 먹어버리는 먹보라서 곤란합니다!'라는 문구와 함께 행복하게 웃는 아기와 엄마의 사진이 실려 있었다. 하지만 료상은 고작 20cc의 우유를 마시는 데도 거의 한 시간이나 걸렸다. 수유 후에는 트림을 시켜야 하는데, 료상의 경우 트림과 함께 기껏 마신 우유도 토해버리기 일쑤였다.

"200cc는 한 번에 마셔야 하는데!"

나중에는 하루 종일 우유를 먹이고 토하고 울고 달래는 일을 반복하느라 둘 다 녹초가 되어갔다.

밤에는 밤대로 또 다른 공포가 기다리고 있었다. 잠투정이다. 원래부터 잠을 쉽게 못 자는 료상이라 안고 재우는 데 거의 한 시간이 걸렸다. 토닥토닥 해주기도 하고, 안고 흔들어주거나 노래를 불러주기도 하고. 그렇게 해서 겨우 잠든 료상을 조심히 이불에 내려놓으면 료상은 어김없이 울면서 깼다. 그러면 다시 한 시간 토닥토닥 코스로 돌아갔다.

남편은 코를 골며 잠들어 있었다. 나는 그 옆에서 밤을 새며 쇼핑채널 소리를 끄고 료상을 안은 채 그저 멍하니 쳐다보고 있었다.

임신을 원해서, 스스로 이 삶을 선택했다. 그러나 현실은 만만하지 않았다. 옛 친구들은 모두 대학생이나 사회인이 되어, 공부를 하거나 일을 하고 있어서, 육아 상담 같은 건 누구와도 할 수 없었다.

대화 상대도 없었다. 외롭고 고독해서, 울음을 그치지 않는 료상을 달래며 나도 함께 울었다. 그래도 육아는 엄마가 해야 할 일 인걸. '힘들다'거나 '죽겠다'고 생각하면 안 된다. 이것이 나의 역할 이다. 왜냐하면 내가 선택한 길이니까. 다른 사람에게 기대면 안 된 다. 약해지면 안 된다. 그렇게 자신을 타일렀다.

그러던 어느 날, 어디서 큰 한숨 소리가 들려왔다. 집에는 나와 료상밖에 없는데……. 설마, 귀신? 흠칫 놀라 주위를 두리번거리며 소리의 주인을 찾았지만 아무도 없었다.

'기분 탓인가?'

하ー. 긴장을 풀면서 숨을 쉬었을 때 알게 되었다. 한숨의 주인 은 다름 아닌 나였다. '조심해야지' 하고 다짐해도 자꾸만 한숨이 나왔다.

삐ー, 삐ー, 삐ー.

세탁기에서 빨래가 다 됐다는 소리가 들려 왔다.

"잠깐 기다려 봐."

품에 안고 있던 료상을 조심스럽게 바닥에 눕히고 비틀비틀 일 어서서 세면대로 향했다.

딸깍. 스위치를 켜자 불빛에 순간 앞이 보이지 않았다. 세탁기 뚜껑을 위로 올리고 민트 그린 빨래바구니를 안아서 빨래를 대충 담았다. 문득 고개를 들다가 거울에 비친 나와 눈이 마주쳤다.

"몰골이 말이 아니네."

요즘 거울을 제대로 보지 못했다는 것을 깨달았다.

하이힐을 신고 휠체어를 밀다

"좀…… 쉬고 싶다."

하루만이라도 좋으니까 이불에 누워서 자고 싶어. 남편에게 의논해 볼까. 그렇지만 남편도 요즘 바빠 보인다. 아침이면 6시에 나가고, 밤에도 10시나 되어야 돌아온다.

망설여진다. 너무 망설여진다. 오늘은 아직 목요일이다. 사실은 주말까지 기다리는 것이 좋겠지만, 혹시 모르니까 물어볼까. 밑져야 본전인데 물어볼까. 그래, 물어보기만 하자.

그렇게 결정하니, 조금이나마 마음이 가벼워졌다.

"료카, 오늘은 아빠랑 잘래? 하루면 돼."

료상은 네, 라고 하는 듯한 얼굴을 하며 나를 보았다.

"좋군, 좋아."

남편이 돌아오기를 고대하면서 그때를 기다렸다.

시각은 9시 50분을 가리키고 있었다.

딸랑.

현관문이 열리는 소리가 났다.

"잘 다녀왔어?!"

료상을 안으며 현관까지 발 빠르게 마중 나갔다.

"다녀왔어."

남편의 기분은…… 음, 모르겠다. 대놓고 물어보기로 했다.

"저기, 피곤해?"

기대 반, 무서움 반이다.

"왜?"

질문에 질문으로 대답하다니! 마음을 단단히 먹자.

"오늘 하루만이라도 좋으니까, 밤에 료카 좀 데리고 자주지 않을래?"

그러자 남편은 살짝 미간을 찌푸리며 이렇게 말했다.

"내일도 출근해야 하고, 나도 피곤해. 너는 하루 종일 집에 있으니까, 그렇게 힘들면 미리 자두면 되잖아."

오, 마이 갓. 안 되겠다. 전혀 안 통한다. 하루 종일 집에 있으니까 언제든 잘 수 있다고 생각하다니. 아니, 아니, 그렇지 않아! 분통이 터져서 아무 말도 나오지 않았다.

오늘 밤은 잘 수 있을지도, 라고 희망을 가졌던 것이 더욱 괴롭다. 짜증의 화살은 이날도 잠들지 않고 울고 있는 료상에게로 향했다.

"적당히 해!"

"왜 이렇게 엄마를 힘들게 하니!"

료상이 일부러 그런다고는 조금도 생각 안 하면서, 진흙 같은 감정이 내 목소리가 되어 주르륵 흘러내렸다. 그 옆에는 "시끄러워!" 하고 대뜸 소리를 지르고 이불을 머리끝까지 끌어 올리고는, 심지어 귀찮다는 듯이 등을 돌리고 자는 남편이 있다. 울음을 멈추지 않는 료상을 토닥거리다 문득 눈에 띈 것은 테이블 위의 재떨이였다.

재떨이를 손에 들고, 남편의 머리를 힘껏 내리치는 상상을 했다. 딱딱한 재떨이 모서리로 머리를 딱 쪼개면 속이 후련해지지 않을까. 설마 그런 일을 상상하고 있으리라고는 꿈에도 모를 남편의 뒷모습을 나는 차갑게 바라보고 있었다.

재떨이가 유리가 아니라 알루미늄으로 만들어진 덕분에 남편은 그날 밤 목숨을 건졌다. 그로부터 몇 달 후, 이제껏 생각지도 못한, 료상을 키우기 힘들었던 원인이 밝혀졌다.

뇌성마비

"아ㅡ, 이건 뇌성마비네."

가벼운 톤으로 원장 선생님은 우리 셋에게 전했다.

이런 대사는 좀 더 무겁고 진지한 분위기 속에서 말해야 하는 것 아닌가? 드라마 같은 데서 나오는 텐션과는 전혀 동떨어진 선생님의 말투에 더욱 현실감이 떨어졌다.

"뇌성마비, 라고요?"

무심코 그 말을 앵무새마냥 반복했다. 누구를 두고, 무엇을 말하는 건지 알 수 없었다.

"그래, 뇌성마비. 운동기능장애라고도 하지."

"운동기능장애……."

잘 모르겠다.

'그러니까 무슨 소리야?'라고 생각했다.

나를 힐책하듯 선생님은 계속 말했다.

"아기 엄마, 왜 좀 더 빨리 데리고 오지 않았어? 이 아이는 하루라도 빨리 재활치료를 하는 편이 좋아. 아기 엄마, 지금까지 뭘 하고 있었던 거야?"

남편과 생후 9개월의 료카와 함께 방문한 오사카의 재활 시설에서 료카는 그렇게 장애 진단을 받았다. 이대로 아무것도 하지 않으면, 걷기뿐만 아니라, 식사도 이동도 배변도 혼자서는 힘들다고 했다.

첫 육아는 모르는 것투성이였다. 그래도, 나는 최선을 다했다.

'엄마가 되었다'라고 머릿속으로는 알고 있었지만 실제로는 차원이 달랐다. 료상이 태어나고 9개월, 휴식 따위는 일절 없고 언제나 힘들기만 했다.

료상과 만날 때까지는 아이가 태어나면 누구든 엄마가 되고, 아빠가 되는 것이라고 생각했다.

그런데, 아니었다. 아이가 태어난 것만으로는 부모가 될 수 없었다. 사회적으로는 엄마이고 아빠이지만 내면은 전혀 따라갈 수가 없다.

예를 들어, 초등학생에서 중학생, 중학생에서 고등학생, 고등학생에서 대학생이나 사회인이 될 때. 스스로가 그렇게 되었다기보다는 사실은 아무것도 변한 것이 없지만 환경이나 사회가 바뀌니까 당황하면서도 점차 적응해 나가지 않는가. 부모가 되는 것도 바로 그런 느낌에 가깝다.

부모는 아이의 성장과 함께 점점 부모가 되어가는 것이다. 그러니까 처음부터 완벽한 부모란 없다. 처음부터 아이를 잘 키울 수 있을 리가 없다.

지금은 안다.

그러나 부모가 된 지 1년도 지나지 않았을 때의 나는, '완벽한 부모가 되어야만 해!'라고 다짐하며, 초조해하고 있었다. 지금 생각하면 '가소로울' 지경이지만 그때의 나는 필사적이었다.

'진짜 이걸로 괜찮을까?'

우유의 양과 시간, 기저귀 가는 법, 손톱 깎는 법, 아이를 씻기는 법, 특히 울음이 터졌을 때의 대처법 등등 내가 하는 게 맞는지 항상 불안해서 어쩔 줄 몰라 했다. 정답을 찾아 인터넷이나 육아서, 부모님에게 물어봐도 모두 대답이 달랐다. 부모님에게는 내가 먼저 물어 놓고 짜증만 내기 일쑤였다. 더 이상 감당할 수 없는 지경이 되었다.

부모 노릇이란 바로 자문자답, 날마다 패닉의 연속이다. 만 열아홉 살에 엄마가 된 나는 미로 속을 헤매며 좋은 부모가 되려고 노력했다고 생각한다.

그러나 어딘가가 항상 불안했다. 불안의 원인 중 하나는 모자수첩이었다. 모자수첩에는 월령별 아기의 성장기준이 적혀 있는데, 료상은 생후 2개월 무렵부터 기준에 맞지 않았고, 3개월째가 되니 무엇 하나 들어맞는 게 없었다. 수개월마다 받는 건강검진도 처음에는 성장을 기대하며 받았지만, 다른 아이와 료상의 성장의 차이를 눈으로 확인하고는 더 이상 가고 싶지 않다고 남편에게 울부짖었다.

"선생님, 료카의 성장이 꽤 많이 늦지 않나요?"

아무리 사소한 것이라도 출산한 병원에서의 정기검진 때나, 여러 병원을 찾아다니며 물어봤다. 그때마다 이런 말밖에 듣지 못했다.

"료카 군은 조산에 의한 수정 월령이 들어가 있으니까, 발달은 다소 늦어도 어쩔 수가 없어."

"개인차가 있으니까."

"일단 상황을 지켜봅시다."

예정보다 너무 빨리 태어났으니 그만큼 다른 아이보다 떨어져도 어쩔 수 없다고 했다.

'뭐, 그런 건가?'라고 생각하며 돌아오지만 며칠 지나면 '아니, 역시 이상하잖아.' 또 고민한다.

아무리 그래도 '그렇지만 의사 선생님이 그러시니까 분명 걱정할 필요 없을 거야!'라고 마음을 달래 왔는데…….

'왜 좀 더 빨리 데려오지 않았어?, 뭘 하고 있었던 거야?'라니.

아무 말도 나오지 않고 그저 억울한 마음만 부글부글 치밀어 올랐다. 이어지는 선생님의 말씀은 더 이상 머릿속에 들어오지도 않았다.

하지만 나는 한편으로는 진정이 되기도 했다. 왜 우유를 먹지 않는지, 왜 목을 가누지 못하는지, 왜 혼자서 놀지 않는지, 왜 웃지 않는 건지, 왜 잠을 자지 않는 건지, 왜 계속 울기만 하는 건지, 왜 모자수첩에 적혀 있는 것이 하나도 맞지 않는 건지……. 그 '왜'의 이유를 알게 되었기 때문이다.

앞이 보이지 않거나, 이유를 모르면 매우 불안하다. 원인이 무엇이든, 어쨌든 이유를 알았다. 그것만으로도 조금 안심이 되었다. 그리고 솔직히 말하자면, 너무 무지해서 잘 이해가 되지 않은 것도 있긴 했다.

뇌성마비란, 쉽게 말해 근육의 장애다. 출산 시에 뇌에 산소가 제대로 공급되지 않으면 뇌의 일부가 크게 손상을 입는다. 료상의 경우는 그것이 운동기능을 담당하는 부분이었다. 료상의 증세는 두 가지였다.

① 전신에 힘이 마구 들어가서 자기 뜻과는 상관없이 손을 꽉 움켜쥔다.
(료상은 초등학교 때 '꽉 쥐는 아이'라고도 불렀다)

② 몸이 저절로 이리저리 움직인다.

'뇌성마비? 그런 말은 처음 듣는데, 그럼 장애라는 건가? 응, 장애란 거구나.'

20년 동안 살아오면서 주변에 장애가 있는 사람이 없었기도 하고, 길에서 마주쳐도 나와는 전혀 관계없다고 생각하고 있었다. 나의 세상에 장애인은 존재하지 않았다. 그래서 솔직히 잘 몰랐다.

"이제 수속을 밟고, 재활을 시작해 봅시다."

조용히 통보 받고 담담하게 사무적인 수속을 처리하고 차에 올라탔다. 돌아가는 차 안에서 남편과 무슨 이야기를 했는지…… 전혀 기억나지 않는다.

집에 돌아온 후, 평소처럼 료상의 기저귀를 갈아주면서. 남편이 보이지 않는다는 것을 깨달았다. 이 시간에 아무 말도 없이 어딜 간 걸까.

횡하니 조용한 3층 베란다에 그가 있었다. 하늘에 별은 보이지 않았다. 달도 보이지 않았다. 그때 하늘에서는 아무런 빛도 찾을 수 없었다.

"거기서 뭐해?"

남편 옆으로 다가갔다가 깜짝 놀랐다. 그는 울고 있었다. 혼자서 외톨이처럼 그는 조용히 울고 있었다.

'아무 말도 안 하더니 충격이 컸구나.'
나는 이때 처음으로 남편의 감정을 알았다.

"괜찮아."
나는 뒤에서 남편의 어깨를 끌어안고 말했다.
"왜 울고 있어? 울지 않아도 돼. 괜찮다니깐. 어떻게든 된다니깐!"
"그래도…… 료카가 불쌍하잖아."
눈물을 닦는 남편의 큰 등을 나는 짧은 팔을 한껏 뻗어 감싸 안아주었다.

'나 대신에, 울어준 거구나.'
남편이 먼저 울어주어서, 나는 울지 않아도 되었다. 좀 치사하긴 했지만 그래도 괜찮았다. 그는 나보다 먼저 눈물을 보임으로써 나에게 위로할 역할을 준 것이다. 지금도 나는 그렇게 생각하고 있다.

며칠 뒤, 화장실에서 남편이 내 이름을 부르는 소리가 들렸다.
"오리에! 오줌에서 피가 나오는데?!"
불안이나 걱정으로 인한 스트레스 때문인지 남편은 혈뇨를 흘

하이힐을 신고 휠체어를 밀다

리고 있었다.

"어유, 부실하기는!"

변기 안의 붉은 소변을 보면서 둘이서 웃었다. 남편은 스물셋, 나는 스무 살의 겨울이었다.

부모님에게 전화를 걸다

핸드폰을 든 손이 가늘게 떨렸다. 너무 긴장해서인지 손이 얼음장처럼 차가워졌다. 료상이 뇌성마비라는 진단을 받았다. 그리고 지금부터 그 사실을 양가의 부모님께 알려드릴 예정이다.

"나, 전화하는 거 진짜 너무 싫은데."
"그래도 어른들 모두 기다리실 텐데 전화는 드려야지."
"그건 그렇지만……."

사실은 남편에게 떠맡기고 싶은 마음이 가득했다. 하지만 그는 직장에서도 말을 너무 안 해서, 가끔 오는 외부 사람이, "응? 저 사람 일본인이었어?"라고 일본어를 못하는 외국인으로 오해받을 정도였다. 그 정도로 말을 잘 못하는 사람이다.

그러니 내가 할 수밖에 없다.

하이힐을 신고 휠체어를 밀다

일단은 상상을 해보자. 남편 하타케야마의 부모님은, 괜찮을 것 같다. 두 분 다 상냥하시다. 충격을 받더라도 분명, 아마도, 아마도, 받아들여 주시고, 우리를 배려해주실 것이다.

문제는, 우리 집 쪽이다. 나는 반대를 무릅쓰고 집을 나왔다. 그렇게 해서 태어난 아이에게 장애가 있다고 말해야 하는 것이다. 상상만으로도 무섭다. 심장이 쉴 새 없이 두근거린다. 솔직히, 나로서는 내가 받은 충격보다 우리 부모님께 이 사실을 알리는 것이 더 마음에 걸렸다.

싫다……. 뭐라고 말씀하실까. 마음이 무거워서 어쩔 줄을 모르겠다.

"아기가 생겼어요. 결혼하겠습니다."

통보하듯 내뱉은 그날 이후로 느끼는 가장 불쾌한 긴장감이다.

그렇지만, 어쩌면, 어쩌면! 생각지도 못한 따뜻한 말을 해줄지도 모르지 않은가.

핸드폰을 들고 자문자답하기를 5분. 언제까지 이러고 있을 수는 없다. 우선 난이도가 낮은 하타케야마의 부모님께 먼저 전화를 걸기로 했다.

따르릉, 따르릉.

"여보세요~."

신호가 두 번밖에 가지 않았는데, 조금 높은 목소리의, 어머님이 전화를 받았다.

"아, 오리에예요. 의사 선생님으로부터 료카가 뇌성마비라서, 재활을 해야 한다는 이야기를 들었어요."

"뭐? 뇌성마비?! 잠깐, 잠깐, 여보! 료카가 뇌성마비라고 진단받았대!"

쿵쿵, 달려와 전화기를 바꿔 받는 소리가 나고,

"여보세요?! 뭐라고? 뇌성마비라고 진단받았다고?"

라는, 아버님의 목소리.

"네, 그렇대요. 이제부터 재활치료를 하자고 선생님이 말씀하셨어요."

"그래, 그래, 그래⋯⋯."

아버님은 몇 번이고 그렇게 말씀하시더니, 잠시 후 말씀을 하셨다.

"오리에, 너무 낙담하지 마. 모두 힘을 합쳐 헤쳐 나가면 되니까."

"네, 감사합니다."

이어 전화를 바꾼 어머님이 이렇게 말했다.

"오리에, 이건 신에게 특별히 선택받은 거야. 그러니까 괜찮아. 다 같이 힘내자!"

솔직히, '신에게 선택받았다'에는 마음이 술렁거렸다. '그러니까 앞으로는 아이만을 위해 살아가라'고 들렸기 때문이다.

물론, 어머님은 그렇게 말하려고 한 게 아니라 그저 위로하고, 응원하기 위해 말씀해주신 것이다. 그 마음은, 뭉클할 정도로 전달

하이힐을 신고 휠체어를 밀다

되었다. 무엇보다, '다 같이'라는 말이 잔잔하게 스며들어 마음에 힘이 되는 것을 느꼈다.

"그런데, 아버지랑 어머니께는 말씀드렸니?"

따뜻해진 심장이 순식간에 차갑게 얼어붙었다.
"아니요, 이제 전화 드리려고요."
"그래? 걱정하고 계실 텐데 빨리 전화 드리렴."
"네, 알겠습니다. 그럼 또 연락드릴게요."
전화를 끊었다. 옆에서 대화를 듣고 있던 남편에게 고개를 끄덕여 보였다.
"다음!"
"응."
하ー. 우울감이 장난이 아니다. 도망칠 수만 있다면 도망치고 싶다. 아니, 절대 그럴 수 없는데, 도망가고 싶다. 깊은 한숨을 내쉰 후, 친정의 전화번호를 누르고 한참을 쳐다보다가 결국 마음을 다잡고 '통화'버튼을 눌렀다.

따르릉, 따르릉, 따르릉, 따르릉……

빨리 받았으면 싶기도 하고, 받지 않았으면 싶기도 한 마음이다.

"여보세요, 하시모토입니다."

엄마가 받았다.

"엄마. 지금 병원에 다녀왔는데, 료카가 뇌성마비래. 그리고……."

가능한 한, '그런데 이런 것쯤 별것 아니에요'라고 넘어가고 싶었는데, 역시 뜻대로 되지 않았다.

내 말을 가로챈 엄마가 낮게 소리를 질렀다.

"오리에, 너 뇌성마비라는 게, 무슨 의미인지는 알고 말하는 거니?!"

"어, 응."

"응이라니……. 엄청난 거야! 장애라는 건……, 오리에, 엄청난 거라고!"

흑흑, 엄마가 울기 시작했다.

"어이!"

아빠의 목소리다.

"장애가 있다고? 뇌성마비라고?"

조용한 목소리였기에, 아빠의 감정을 읽을 수는 없었다. 그런데, 바로 그 순간, 아빠는 이렇게 말했다.

하이힐을 신고 휠체어를 밀다

"쓸데도 없는 애를 낳았네. 너 인마, 다시는 돌아오지 마라."

그것만 내뱉고, 뚜-뚜- 하는 소리가 들렸다. 아, 전화가 끊겼구나, 하고 깨닫게 되기까지 몇 초가 걸렸다.

뭐?
지금 뭐라고 말했어?
쓸데없는 애? 그렇게 말했어?

나는 잠시 핸드폰을 귀에 댄 채, 아빠의 말을 정리하려고 했다.

쓸데없는 애라니, 누가?
애한테 쓸데없다는 말을 하다니. 뭐야 그게.

어쩌면 격려해줄지도 모른다고, 위로해줄지도 모른다고, 그런 희미한 기대를 마음속 어딘가에 품고 있던 자신의 어리석음에 화가 났다.
억울하고, 슬프고, 외롭고, 한심했다.
눈앞에 있는 남편과 료카의 윤곽이 어렴풋이 들어오면서, 눈물이 차오르는 시야 속에서 일그러져 보였다.

이 아이는, 쓸데없는 아이가 아니야. 내가, 기필코, 이 아이를,

훌륭한 사람으로, 키워내겠어. 꼭 보여주고 말겠어.

두고 보라고!!!!!!!!

　이렇게 아버지의 모습을 다시 한 번 몸서리치게 돌아보았고, 그 때부터 료상과 함께 도전하는 인생이 시작되었다.

하이힐을 신고 휠체어를 밀다

그래서, 어떻게 할지 생각해 보았다

얼마간 씩씩대기는 했지만, 이제 어떻게 하면 좋을까 생각해 보았다.

보통 장애인이라는 말을 들으면 어떤 사람을 떠올릴까.

- 대하기 곤란한 사람
- 몸이 불편한 사람
- 뭔가를 혼자서는 할 수 없는 사람
- 불쌍한 사람

그런 이미지가 아닐까.

나는, 그랬다. 차별의식을 가져본 적은 없지만 자신과는 전혀 다른 세계에 살고 있는 사람이라고 생각했다. 그래서 솔직히 장애에 대해 깊이 생각해 본 적도 없었다. 어쨌든 긍정적인 이미지는 없었다.

하지만 우리 아이는 장애를 이유로 갇혀 있지 않고 멋지게 살아가길 바랐다. 스스로를 좋아한다고 진심으로 말할 수 있는 인간이 되었으면 좋겠다. 막연하지만 그렇게 생각했다.

그러나 하지만! 이렇게 말하는 나부터가 나를 좋아하지 않는다. 누구보다 나에 대한 믿음이 없고, 누구보다 스스로를 싫어한다. 그런 내가 도대체 어떻게 하면 내 아이에게 자신감을 갖게 할 수 있을까.

'그러게. 그럼 나와는 정반대로 하면 되겠네……. 응??? 나랑 정반대?? 아! 그렇구나!'
번뜩 생각이 떠올랐다.
'반대로 해주면 되잖아!'

요컨대,

* 내가 듣고 슬펐던 말은, 듣고 싶었던 말로 바꾼다.
* 내가 하고 싶었던 것은, 마음껏 하게 해준다.

여러분은 어렸을 때 듣고 슬펐던 말이 있었는가.

만약 있었다면 그것은 어떤 말이었는가.

그리고 아이였던 당신은 뭐라고 말해주길 바랐는가.

나의 경우는 이랬다.

듣고 슬펐던 말 → 듣고 싶었던 말

- 할 수 없다면 처음부터 하지 마라. → 하려고 한 것만으로도 대단해!
- 언제까지 하고 있는 거야? → 몇 번이라도 마음이 후련할 때까지 하면 돼.
- 어차피 안 돼. → 어떻게 하면 할 수 있을지 같이 생각해 보자.
- 상식적으로 생각해. → 너는 어떻게 하고 싶니?

내가 듣고 싶었던 말이나, 해주었으면 했던 것을 해주면 어떨까?

부모의 말은 좋든 나쁘든 엄청나게 영향력이 크다. 몸이 먹는 것으로 이루어진 것이라면, 마음은 들은 말로 이루어지는 것이다.

좋아, 내 경험을 전부 활용해 보자. 나는 이때 '신에게 선택받았다'에서 느꼈던 위화감에 대한 답을 찾은 것 같았다.

나는 신에게 선택된 것이 아니야. 그냥 인연이 있어서 료상과 만난 거야. 그뿐이야. 하지만 이왕 이렇게 만났으니, 나만이 할 수 있는 것을 해주고 싶다.

'자신을 매우 싫어하는 나'가 행하는 '스스로를 좋아하는 사람으로 키우기'

그렇게 될 수 있다면 내 경험은 보물이 가득한 보물창고다.

그때부터 나의 아이 키우기가 새롭게 시작되었다.

그러나 당시의 나에게는 '어떡하지?'라고 마주친 어려움이 하나 더 있었다.

'엄마가 된 나'와 '나 자신'이 어떤지를 모르고 있었다.

뿌연 안개가 걷힌 것은 생면부지의 여고생 한 명이 내뱉은 강렬한 한마디 덕분이었다.

하이힐을 신고 휠체어를 밀다

06

하이힐을 신고 휠체어를 밀다

근처 슈퍼에 장을 보러 나갔다가 돌아오는 길이었다. 다음 골목에서 꺾으면 우리 집 아파트에 도착하는데, 앞에서 여고생 두 명이 이쪽을 향해 걸어오는 것이 눈에 들어왔다.

그러자 그중 한 명이 나를 보고 놀란 얼굴로, 옆에 있던 여자아이의 팔짱을 끼고 "저 사람이야!"라고 말했다.

두 명의 시선이 나에게 꽂혔다.

'저 사람'이라니, 아무래도 내 이야기가 틀림없는 것 같다. 그 말을 들은 다른 한 명이 뚫어지게 나를 쳐다보며 내뱉듯이 이렇게 말했다.

"어? 별거 없잖아. 그냥 평범한 아줌마인데?"

아, 아줌마?! 잠깐, 잠깐, 잠깐. 당시의 나는 스무 살. 확실히 여고생보다는 아줌마일지도 모르지만!

곰곰이 생각해 보니, 이런 상황인 건가?

'야, 전에 말한 (예쁜, 혹은 귀여운, 멋진) 사람이야.'

'어? 별거 없잖아. 그냥 평범한 아줌마인데?'

불과 한두 살 어린 고등학생에게 아줌마라는 말을 들었다. 엄청 우울한 기분으로 집으로 돌아와 문득 현관 거울에 비친 나를 바라보았다.

화장기 없는 얼굴. 아무렇게나 묶은 머리. 더러워져도 괜찮은 남편의 후줄근한 맨투맨과 노란 삼선이 들어간 추리닝 바지. 심지어 바지 밑단은 신발에 밟혀서 너덜너덜했다.

'누구냐, 너는!'

나답게 살아가고 싶다고, 집을 뛰쳐나와 자유를 손에 넣을 예정이었는데……. 눈앞에 비친 것은 한때 멋 부리고, 화장하고, 자기만의 개성을 찾던 내 모습은 어디론가 사라지고 '육아'에 전념하느라 방치된, 무표정한 나였다.

'이렇게 되고 싶었던 게 아니야!'

나는 옷장 문을 거칠게 열었다. 분명 아직 안 버렸을 텐데…….

하이힐을 신고 휠체어를 밀다

옷장 깊은 구석에, 있으면 안 되는 것처럼 처박혀 있던 타이트스커트를 획 잡아 꺼냈다.

그리고 거울 앞에 앉아 화장을 하고 립스틱을 발랐다.

다음으로 신발장 앞에 주저앉아 역시나 구석에 처박혀 있던 8센티 하이힐을 꺼내 신고 현관문을 열었다.

료카를 유모차에 태워 손잡이를 쥐고 나는 걸었다.

또각, 또각, 또각, 또각.

콘크리트 바닥에 울려 퍼지는 하이힐 소리에 기분이 좋아졌다.

평소에 익숙하던 풍경이 새삼스레 빛나 보였다. 눈이 마주치는 사람들 모두가 미소를 짓고 있는 것 같았다. 료카나 나를 보는 사람들이 신기하게도 신경 쓰이지 않았다.

"있잖아, 료상. 다들 료상이나 엄마를 보고 있어. 료상이 잘 생겨서인가, 아니면 엄마가 예뻐서인가. 아하! 둘 다인가!"

기분이 좋아 유모차의 커버를 걷어 올리면서 료상에게 말을 걸었다.

료상은, '무슨 일이야?'라는 얼굴을 하면서도 기분 좋은 엄마를 보고 기뻐하는 것 같았다.(순전히 내 생각인지는 몰라도)

세상의 색깔도, 타인의 시선도, 모두 내 마음에 달려 있었다.

그날, 나는 깨달았다.

세상의 색깔은 스스로 결정할 수 있다는 것을.

하이힐을 신고 휠체어를 밀다

07

혼자서는 힘이 나지 않는다

아이의 웃는 얼굴은 귀엽다.

그럴 생각이 없었어도 작은 아기나 어린아이들이 미소를 짓거나 손을 흔들면 나도 모르게 웃게 된다. 신기한 힘이다.

그런데 결혼하기 전의 나는 아이를 귀엽다고 생각한 적이 한 번도 없었다. 오히려 싫어했다. 그런 내가 당차게 '임신 → 결혼'을 강행한 것은 딱 한 가지 이유 때문이었다. 지금은 '이 자식이……!'라고 생각하지만, 당시 남자친구였던 남편이, "나, 아이 완전 좋아해. 진짜로. 아이가 생기면 정말 예뻐해 줄 거야."라고 호언장담했기 때문이다.

'뭐, 아이를 좋아한다고도 하고, 둘이서 힘을 합치면 어떻게든 되겠지.'라고 하는 남편에게 완전히 의지하려는 마음 때문이었다.

게다가,

"다른 사람의 아기는 그렇지 않다고 해도, 내 아기라면 귀여울 거야. 특히 내 아기의 웃는 얼굴을 보게 되면 참을 수 없을 거야, 정말로."

라고 누가 말하는 걸 들은 것 같기도 했고,

'내 아기의 웃는 얼굴을 보게 되면 느낌이 달라질까?'

라고 자신의 변화를 은근히 기대도 하고 있었다.

그러나⋯⋯, 태어난 이후로 우리 아이는 우는 일은 있어도, 웃는 일은 없었다.

대체로 생후 2개월 무렵부터 아기는 자신의 의사대로 웃을 수 있게 된다고 한다. 하지만 뇌성마비인 료상은 돌이 넘도록 웃는 일이 없었다.

이 무렵 나는 '남편의 머리를 유리 재떨이로 박살내는 망상'을 하면서 멘탈을 유지하고 있었는데, 그것도 마침내 한계에 다다랐다. 수면 부족으로 인한 피로로 고열이 오른 나는 그만 자리에서 일어날 수도 없게 되었다.

어머님은 우리 집에서 걸어서 5분 거리에 살고 계셨다. 하지만 나는 '이렇게 아이를 맡기게 되면 지금까지의 노력이 물거품이 되어버릴 거야'라고 고집을 부리며 '나 혼자 할 수 있어!'를 고수하려고 했다. 그렇게 몇 번이나 전화기를 손에 들었다 놓았다⋯⋯를 반복한 끝에 결국은, "제가 열이 내릴 때까지만 맡아주세요."라고 어머님께 부탁을 했다. 어머님은 한 치의 망설임도 없이 바로 승낙해 주셨다.

료상을 맡기고 사흘 뒤. 아직 열은 내리지 않았지만, 이제 배가 고프다는 걸 느낄 정도는 되었다. 이불에서 나와, 냉장고 문을 열었다. 남편이 어제 만들어 냄비째 넣어둔 흰죽을 꺼내 들었다.
따다닥, 따다닥, 가스불이 파랗게 타오르던 그때,
따르릉~.
어머님으로부터 전화가 왔다. 불을 끄고 수화기를 들었다.
"여보세요."
내 말이 끝나기도 전에 흥분한 어머님의 목소리가 귀에 날아와 꽂혔다.

"오리에! 료카가, 료카가 웃었어!"

순간 무슨 말인지 이해가 안 돼서 멍하니 생각에 잠겼다.

료카가, 웃었다…… 료카가 웃었다!!!!!
그때, 거의 동시에 두 개의 감정이 내 마음속에 떠올랐다.
'기쁘다!', 그리고 거의 동시에 '뭐?'
평생 웃지도 못할까 봐 걱정하고 있던 참이었기에 너무나 기뻤다.

그렇지만…… 아니, 첫 번째는 나여야 하는 거 아니야? 왜 할머니야!

순수하게 기뻐하지 못하는 나를 감추려
"헐, 진짜? 진짜요?"
그렇게 몇 번이고, 몇 번이고 확인을 했다. 좁은 집안이지만 현관까지 달렸다. 급하게 운동화를 신었다. 나는 쏜살같이 료상에게 달려갔다.
숨을 고르는 것도, 초인종을 누르는 것도 잊어버리고, 신발을 벗어 내팽개치고 2층으로 이어지는 계단을 뛰어오르니 할머니 품에 안긴 료상이 있었다.

"료카, 안녕!"
며칠 만에 료상을 안았다. 동그란 두 눈동자 속에 내가 비쳤다.
"료카, 너 웃을 수 있게 된 거야? 엄마도 보고 싶다. 료카가 웃는 얼굴."
물끄러미 이쪽을 돌아보는 료상.
"료카, 엄마에게 웃어줘 봐. 엄마가 보고 싶다고 하잖아."
할머니가 료카에게 따뜻한 미소를 지어 보였다.
아이를 웃게 하려면 어떻게 해야 좋을까?
남들처럼 해볼까. 눈을 꼭 감았다가 "까꿍!" 하며 눈을 크게 떠

　　　　　　　　　　　　하이힐을 신고 휠체어를 밀다

보았다. 반응이 없다. 다시 한 번.

"까르르, 까꿍!"

반응 없음. 어라. 슬슬 힘이 빠진다. 이러면 오기로라도 웃게 만들어 버리겠어.

"까르르르르!!!!!"

한껏 얼굴을 구겼다가 펼쳤다가……

"까꿍!!!"

더 이상은 못해. 눈이 빠질 것 같다.

방긋.

웃었다. 찰나였지만 정말로 웃었다.

"웃었다! 료카, 너 웃을 수 있구나! 정말로 웃을 수 있구나!"

료카를 힘껏 껴안았다. 뺨을 가까이 갖다 대자 료카의 체온이 느껴졌다.

료카를 품에 안고 집으로 돌아오는 길이었다. 근처에서 초등학생들이 방과 후에 숨바꼭질을 하고 있었다. 숨는 쪽도 찾는 쪽도 기쁘고 즐거운 얼굴이었다. 순간 료카를 봤다. 내 얼굴을 가만히 보고 있었다.

"료카."

웃는 얼굴로 말을 걸자, 료카도 방긋 하고 웃어주었다. 마치 거울을 보는 것처럼.

'어쩌면…… 어쩌면 나는, 항상 무서운 얼굴을 하고 있었던 걸까.'라는 생각이 들었다.

'힘내야 해.'

그런 주문을 자신에게 걸고, '누구에게도 의지하지 않겠어'라고 고집을 피우면서, 미간에 한껏 주름을 잡고, 온갖 짜증을 내면서, 화내고 울고 있었던 게 아닐까.

그렇게 생각했다.

'그렇구나, 결국 내가 웃지 못했기 때문이었네. 그러니 료상도 웃지 않았던 거구나. 미안해, 료카.'

이렇게 나는 조금씩 '나 혼자 이겨내야 해'를 내려놓기로 했다.

하이힐을 신고 휠체어를 밀다

08

엄마로서 살아가는 방법

뇌성마비 진단을 받은 료상과 나는 진단 후 곧바로 모자 통원을 시작했다. 엄마와 아이가 함께 재활시설에 다니는 것이다.

우리가 다니게 된 통원시설은 선생님이 재활을 해주는 것뿐만 아니라, 엄마나 가까운 친척에게도 보이타법(소아신경과 의사인 보이타 교수가 고안한 운동장애를 효과적으로 개선하는 치료법 – 역자주)을 가르쳐 주어서 통원을 하지 않고 집에서도 재활치료를 할 수 있었다.

모자 통원은 우선 부모와 아이가 같이 등원하여 아침조회 후 그룹을 나눈다. 중간에 점심시간이 있고, 오전과 오후를 나누어, 2회씩 돌봄과 재활을 교대로 받는다.

재활 때는 담당 선생님(물리치료사)의 지도를 받으면서 부모가 아이에게 재활치료를 해주는 것이지만, 돌봄 시간이 되면 돌봄 선생님이 아이를 맡아주신다. 그러면 엄마들은 자판기에서 좋아하는 주스를 사서, 같은 돌봄 시간에 배정된 사람들끼리 이야기를 나누거나, 잠깐이지만 귀중한 혼자만의 시간을 보내면서 쉴 수 있었다.

여기서 나는, 선배 엄마들을 보고 내가 생각해오던 '장애아 엄마'의 이미지가 완전히 뒤집어졌다.

어느 날, 선배 엄마 그룹 안에서도 제일 떠들썩하고, 화려한 몇 명과 돌봄 시간이 겹쳤다. 사이좋게 이야기하는 엄마들은 그것만으로도 눈부셨지만, 심지어 멋지게 담배연기를 뿜어내며 즐겁게 이야기하고 있었다.

"근데 다음엔 언제 술 마시러 갈래?"

두목 같은 한 엄마의 목소리가 날아왔다.

'술을 마시러 간다고? 아니, 아이가 있는데 술을 마시러 간다는 거야?'

나도 모르게 그 엄마를 힐끔힐끔 쳐다보고 말았다. 엄마라는 위치에서 술을 마시러 간다는 선택지란 내 안에는 존재하지 않았기 때문이다.

"저번에 있잖아, 미나미 바에 갔었는데, 재밌더라~. 또 다 같이 가보자."

"좋아~. 그럼 날 잡자."

'바'라고 하는 장소도 그렇지만, 무엇보다도 엄마들이 자유롭게 자신들의 시간을 즐기고 있는 것에 충격을 받았다.

하이힐을 신고 휠체어를 밀다

나는 료상이 태어났을 때, 내 인생은 끝났다고 생각했다.

그것은, "뇌성마비입니다"라고 들었기 때문이 아니었다. 그저 아이를 낳고 엄마가 되었다는 것, 온전히 '엄마가 되어버렸다'라고 하는 그 사실 때문이었다.

집을 나가기 위해, 스스로 임신하고 싶다고 바란 주제에, 정작 아이를 낳고는 무슨 그런 무책임한 생각을 하고 있었는지 스스로도 어이가 없었다. 막상 료상이 태어나 집에 데려왔을 때는, 당혹감이나 어떠한 허무한 감정도 느꼈다.

'나는 인생에서 단 한 번도 자신에게 스포트라이트를 비추지 못한 채, 또 다른 누군가를 위해 인생을 바치고, 살아가고, 그리고 죽어가겠구나.'

진지하게 그렇게 생각하고 있었고, 엄마가 된다는 건 그런 거라고 생각했다. 때문에, 선배 엄마들(심지어 장애가 있는 아이들의 엄마!)이, 자신만의 시간을 누리고 인생을 즐기는 모습에 엄청난 충격을 받았다.

엄마가 되어도 즐겨도 된다!
자신의 시간을 보내도 된다!
자신을 우선시해도 된다!

처음으로 '엄마로서의 나'를 긍정적인 이미지로 떠올린 순간이었다.

09

"이 아이, 죽여버릴지도 몰라요"

안타깝지만 그 이후로도 드라마틱한 변화가 없는 일상생활이 계속되었다. 재활치료원에 다녀보아도 료상의 잦은 밤 울음은 멈추지 않았다.

인간은 수면 부족이 쌓이면 몸의 피로뿐만 아니라 점점 마음도 병에 걸리게 된다. 그래도 다행인지 아직 남편의 머리를 재떨이로 부숴버릴 정도는 아니었다.

그 무렵의 나는 아직 2살밖에 되지 않은 료상에게, "시끄러워!!" 라고 소리를 지르거나, 료상의 얼굴에 베개를 들이대다가 정신을 차리고 "미안해, 미안해." 하며 울면서 사과하기도 하고, 어쨌든 정상적인 정신 상태가 아니었던 시기였다.

그런 하루하루가 1년 정도 계속될 무렵, 나는 마침내 구청으로 뛰어들었다.

"저, 더 이상 이 아이랑 둘이서만 같이 있다가는 이 아이를, 죽여버릴지도 몰라요."

그래, 분명 상당히 험악한 표정으로 창구 직원에게 말했을 것이다.

하지만 그때의 나의 판단은 료상의 생명과 마음을 지키는 데 있어서 상당히 이성적인 판단이었다고 지금도 생각한다. 날마다 흘러나오는, 여기저기서 일어나는 부모자식 간의 슬픈 뉴스를 그저 남의 일로 흘려들을 수가 없었다. 내가 언제 뉴스의 주인공이 되어도 이상하지 않을 정도였다.

그렇게 뛰어든 다음 해, 지역의 어린이집에 들어가게 되어, 료상은 2살 아이 반에 다니게 되었다.

그러나 안심한 것도 잠깐, 료카는 처음에는 어린이집에 너무 적응을 못해서, 다른 아이들이 1, 2주 만에 끝내는 통칭 '적응 기간'(어린이집에 적응하기 위해 일정 기간 단시간에 귀가하는 것)을 반년이 지나도록 계속하고 있었다.

이유는 두 가지였다.

- 계속 울기만 한다.
- 낮잠을 자지 않는다.

"오늘만큼은 낮잠도 자고, 다른 아이들이랑 함께 네 시까지 놀고 돌아오는 거야."

그렇게 타일러서 보내지만, 그런 말들이 무색하게, 대개 한 시쯤에는, "어머니, 료카가 낮잠을 안 자요. 데리러 와 주세요."라고 어린이집에서 전화가 걸려왔다.

그러다……, 마침내 저질러버렸다. 나는 그 지루한 적응 기간을 과감하게 끝내버렸다.
"오늘도 낮잠을 안 자서……."
그 해바라기처럼 상냥한 선생님의 말을 중간에 끊고, 나는 소리를 질렀다.

"낮잠 따위 자지 않아도, 료카는 죽지 않아요!!!"

유명 드라마의 명대사 "나는 죽지 않아요"를 방불케 했는지는 모르겠지만, 필사적인 마음만큼은 지지 않을 기세로 외쳤는데, 정신을 차리고 보니 전화는 끊겨 있었다.

선생님, 그때는 놀라게 해드려서 죄송합니다. 그렇지만 그 뒤, 료상도 무사히 적응 기간을 끝내고, 어린이집 생활을 만끽할 수 있게 되었습니다.

10

좋아, 바보가 되자

료상이 어린이집에 다니고부터는 감기에 자주 걸리게 되어서, 같은 어린이집 엄마에게 가까이에 좋은 소아과가 없는지 물어보았다.

"조금 깐깐한 분이라 안 맞는 사람도 있는 모양인데, 나는 그분을 신뢰하고 있어."라며 추천해 준 곳이 A병원이었다.

거기서 내가 앞으로 살아나갈 방법을 하나 배울 수 있게 되리라곤 당시에는 꿈에도 생각하지 못했다.

어느 날 료상이 감기에 걸렸다. 곧바로 차로 10분 정도 거리에 있는 A병원으로 향했다. 료상은 혼자서 앉는 자세를 유지할 수 없다. 때문에 기본적으로, 유모차나 자동차로 이동한다.

도착한 A병원은 큰 주택을 개조한 듯한 병원이었다. 처음 간 병원, 처음 보는 선생님은 나를 긴장하게 한다.

'친절한 선생님이면 좋겠다'

기다리는 동안에도 계속해서 아기를 데리고 오거나 어린이집 모자를 쓴 네 살 정도의 아이를 데리고 엄마들이 들어왔기 때문에, '실력 있는 병원이구나. 걱정 안 해도 되겠네.'라고 생각했다.

"하타케야마 씨."

30분 정도 기다리자 접수처의 여자가 상냥한 목소리로 이름을 불러주었다.

"안녕하세요."라며 선생님이 의자를 돌려 이쪽을 바라보았다. 단발머리. 시원시원한 말투. 왠지 골프를 좋아하는 멋쟁이 같다. 그렇게 생각한 이유는, 손이 한쪽만 햇볕에 탔고, 진찰실인데 경쾌한 재즈가 흘러나오고 있었기 때문이다.

선생님 앞에 놓여 있는 작은 동그란 의자에, 료상을 안은 채 앉았다. 장애 등의 필요사항을 전달했다.

'저, 어려 보여도 꽤 현명한 엄마예요.'

옛날부터 똑똑하게 보이는 것만은 잘하는 나다. 선생님의 리듬에 맞춰, 대화의 스피드나 말하는 내용, 말투에도 신경을 썼다. 발랄하고 단적인 말투에 약간 강한 인상이지만 신뢰할 만한 선생님이라고 생각했다.

그렇게 그 병원을 다니게 되면서 혹시 실수하지는 않을까, 불쾌한 행동을 하지는 않을까, 진찰할 때마다 그런 것을 생각하면서 언제나 주눅이 들어 있었다.

하이힐을 신고 휠체어를 밀다

그런 어느 날, 코를 훌쩍거리는 료상을 데리고, 병원에 갔을 때였다.

"자, 배 좀 볼까?"

네, 라고 말하며, 료상의 옷을 벗겨주던 때였다.

"어머니."

선생님이 부르셨다.

"네?"

뭐야? 지금 바쁜데요, 라고 생각하며 고개를 들었다.

"진찰할 때 배 보는 건 이제 알고 계실 텐데 단추는 미리 풀어두셔야죠."

정색하는 얼굴의 선생님과 눈이 마주쳤다.

뭐야? 나, 지금 혼난 거야? 아이의 옷 단추를 늦게 풀고 있다는 것만으로?

놀라고, 충격이고, 슬프고, 화나고……. 이건가. 이것이 '조금 깐깐하다'라던 건가.

'틀렸어! 무시당했어! 이 사람 싫어!'

'우등생'을 연기해오던 내가, 머릿속으로 울면서 분개했다.

'잠깐, 기다려.'

머리 반대편에서 소리가 들려왔다. 여기서 선생님을 싫어할 수도 있다.

그렇지만 진짜 그게 맞나?

나에게도 잘못한 점은 있다. 물론 할 말은 있지만, 잘못한 게 없느냐고 따지면 '있다'.

게다가, 이대로 '상처 받았다'며 피하는, 그런 나는 싫다.

그와 동시에 번뜩 떠오르는 것이 있었다.

좋아! 바보가 되자!!

학생 시절 사랑받던 캐릭터 '쿠리코'가 있었다. 그녀의 명예를 위해 말해두자면, 쿠리코는 바보가 아니다. 좋은 의미로 그녀는 '바보처럼 보이는' 천재였다. 예를 들어 반드시 그날 제출해야 하는 과제를 잊어버렸을 때. 그녀는 만면에 웃음을 띠며 이렇게 말했다.

"으앙, 미안, 선생님. 까먹었어! 다음에 밥 같이 먹으러 가줄 테니까 다음 주까지 기다려 줘~."

그런 말을 들으면 선생님은 질색을 하며, "무슨 소리야. 그런 건 사절이야."라고 하면서도 "내일까지는 꼭 제출해라~."라고 웃으며 대답했다. 고개를 돌리고 메롱, 하고 혀를 내미는 그녀에게 컬처 쇼크를 받았지만 동시에 바보의 힘을 목격한 것이었다.

쿠리코라면 이럴 때, 어떻게 대답할까. 나는 생각했다. 그리고 방긋 웃으면서 대답했다.

"정말 그러네요! 아이고, 생각을 못 했어요! 선생님, 정말 죄송!"

웃는 얼굴로 사과하면서 혼신을 다해 반말 스킬을 날렸다.

　　　　　　　　하이힐을 신고 휠체어를 밀다

그러자 선생님은 "네, 부탁드려요."라고 웃어주었다.

'이겼다'라고 생각했다.

그때는 무엇을 이긴 건지 알 수 없었다.

그러나 지금은 알고 있다. 나는, 나에게 이긴 것이다. 내 안의, 그저 상처받을 것이 두려워, 상대를 비판하고 도망치기만 하던 나에게 이긴 것이다.

A선생 앞에서 바보가 되자고 결심한 나는, 그날을 시작으로 선생님을 만날 때, 전혀 긴장하지 않았다. 그 뒤로 20년이 지났지만, 료상의 여동생인 츠카사도 선생님의 진료를 받고 있다. 무슨 일이 있을 때는 부모의 입장이 되어 상담도 해주는 최고의 선생님이다.

'사람과의 만남'은, '새로운 가치관과의 만남'이라고 할 수 있다. 새로운 가치관에 접함으로써 성장할 수도 있고, 때로는 내가 자기만의 세계에 사로잡혀 있었다는 것을 깨달을 수도 있다.

11

그를 믿지 않는 사람은 누구인가

어린이집이나 유치원에서의 추억을 떠올려보면 여러 가지 다양한 게 있겠지만, 부모가 아이의 성장을 체감할 수 있고, 제일 기대하는 행사라면 운동회를 꼽을 수 있다.

료상이 다니는 어린이집의 운동회에서 가장 인기 있는 것은 연령별 이어달리기였다. 관람석에 있는 누구든지, 병아리 같은 어린아이가 온 힘을 다해 달리는 모습을 보면 환호하고, 눈물을 흘린다. 매년, 어린이집이 흔들릴 정도로 열광하는 메인 경기다.

그리고 이제 가장 윗반이 된 료상도 이어달리기에, 심지어 선두 주자로 출전하게 되었다.

사전에 담임선생님께서 어떤 형식으로 참가하는 게 좋을지 상담을 해주셨다.

① 료카의 유모차를 선생님이 밀고, 다른 아이들과 똑같이 코스를 돈다.

② 작은 매트를 깔고, 그 매트에 엎드려서 처음부터 끝까지 배밀이로 자기
스스로 나아간다.

당시의 료상은, 앉는 것도 걷는 것도 불가능했지만, 유일하게 엎
드릴 수는 있게 되어, 비록 마비가 있는 팔이지만 팔꿈치를 앞으로
당기며, 시간은 오래 걸리지만 어떻게든 전진하는 것은 가능했다.

유모차를 밀어주시면 편하겠지만, 그것은 스스로 한 것이라고
할 수 없고 성취감을 느끼기 어려울 것 같았다. 결국, 선생님의 2안
인 '매트에서 배밀이로 나아가기'를 선택했다.

설마 인생에서 일생일대의 순간을 맞이하리라고는 상상도 하지
못한 운동회 당일. 해가 뜨기도 전부터 문이 열리기를 기다리는 수
많은 인파가 줄을 서 있었다. 좋은 자리를 확보해 우리 아이의 모
습을 보다 가까이에서 눈에 담고 싶은 것은 어느 부모나 마찬가지
다. 물론 우리 집도 참전한다(남편 담당).

남편은 36개월 할부로 새로 산 따끈따끈한 비디오카메라와 방
금 만든 유카리(시소 잎을 말려서 만든 가루) 주먹밥을 들고 새벽 6시,
전쟁터로 출발했다. 청명한 하늘. 그야말로 딱 좋은 운동회 날씨다.
남편은 내 기대를 저버리지 않고 카메라석 맨 앞줄에 진을 치고 있
었다.

드디어 제일 마지막 경기이자, 메인 이벤트. 윗반의 릴레이가 시작되었다. 운동장 트랙 주변은 360도 원을 꽉 채운 학부모들로 빼곡했다.

운동장에는, 새하얀 매트가 한 장 깔려 있었다. 경쾌한 음악이 흘러나오고, 윗반 아이들이 줄을 맞춰 입장했다. 나란히 두 줄로 선 아이들의 맨 앞에 유모차에 타고 있는 료상이 있었다. 료상은 하얀 매트 앞까지 와서, 담임선생님의 도움을 받아 엎드리고 있었다.

"료카네. 선두주자군!"

같은 반 엄마가 내 귀에다 속삭였다.

"맞아. 나까지 긴장하게 하지 마."

본인도 긴장하겠지만, 지켜보는 부모로서는 손에 땀이 날 정도다.

진행방향 매트의 끝에는, 다음 순서인 R군이 스탠바이를 하고 있었다. 료상이 매트의 끝에서 기다리고 있는 R군의 손에 터치를 하면, R군이 달려 나가는 방식인 것이다.

매트의 옆에는 상대 팀의 아이가 스탠바이 중. 공기가 바뀌었다. 찰나의 정적. 학부모들이 일제히 카메라를 꺼내들었다.

"준비……."

선생님이 총을 하늘로 겨누고, 한쪽 귀를 막았다.

하이힐을 신고 휠체어를 밀다

탕!

폭죽 소리가 하늘 높이 울려 퍼짐과 동시에 360도 모든 방향에서, 일제히 큰 환호성이 터져 나왔다.

"와!!!!!"

상대팀 아이가 힘차게 달리기 시작했다. 료상도 팔을 앞으로, 앞으로 움직이기 시작했다.

"료카!! 힘내!!"

함성에 묻히지 않기 위해, 나는 크게 소리를 질렀다.

"료카아아아아, 힘내!!!!!"

그 와중에 상대팀 아이는 한 바퀴를 돌아와, 두 번째 아이에게 바턴을 넘겼다. 료카는 어디쯤이냐면, 아직 중간도 못 갔다.

"힘내!!! 료카아아!"

나는 계속 소리쳤다.

이윽고 두 번째 주자가 돌아와, 세 번째 아이에게 바턴을 넘겼다. 료카는 천천히, 한 팔, 한 팔 계속해서 전진하고 있다. 그 모습을 보면서, 나는 점점 아무 말도 못하게 되었다.

'이러면 료카네 팀은 달리지도 못하고 끝나버리잖아.'

'료카는 지금 어떤 기분일까.'

'계속 기다려주고 있는 R군, 미안해. 좀처럼 안 되네.'

'같은 팀 학부모님들, 자녀의 활약하는 모습을 보여드리지 못하게 돼서 죄송해요.'

조금 전까지만 해도 선명했던 경치가 급격하게 퇴색되어 갔다. 그랬는데 말이다. 정신을 차리고 보니 나는 입 밖으로 소리를 내고 있었다.

"죄송해요"라고.

그 말에 나조차도 놀랐다.

그렇지만 더욱 놀란 것은 그 다음의 반응이었다. 옆에 있던 엄마가 내 팔을 붙잡고 이렇게 말했다.

"료카 엄마, 지금 뭐래는 거야?! 죄송하다고 했어?"

깜짝 놀라서 어리둥절해 하고 있던 나에게 그녀는 훈계하듯 말했다.

"료카가 저렇게 열심히 달리고 있는데, 그런 말을 하다니, 미안하다는 생각 안 들어?!"

흠칫 놀라서, 료카를 돌아보았다.

료카는 쉬지 않고 꾸준히 팔을 앞으로, 앞으로 옮기고 있었다. R군은 손을 뻗어 "료카, 힘내! 료카, 힘내!"라고 격려하고 있었다.

하이힐을 신고 휠체어를 밀다

학부모 좌석을 둘러보았다. 어느 학부모도 화를 내고 있지 않았다. 오히려 다들 입을 모아,

"료카, 힘내!"

"조금만 더 하면 돼, 료카!"

"힘내! 힘내!"

다들 웃는 얼굴로, 큰 소리로, 내 눈에 들어오는 모두가 료카에게 응원을 보내고 있었다. 다들, 료카를 믿고 있었다. 아무도 그를 탓하거나 기분 나쁘게 생각하고 있지 않았다.

그를 믿지 않았던 것은, 나뿐이었다.

"한심해."

눈물이 뚝뚝 흘러내렸고, 나는 진심으로 내 자신이 부끄러웠다. 다시는, 료카를 불쌍하다고, 남들에게 죄송하다고 생각하지 않겠다고 다짐했다.

그날은 내가 료카와의 관계를 규정하는 데 있어서 분명한 터닝 포인트가 되었다.

12

초등학교 입학을 향해

아이가 취학, 진학할 때 입학하는 학교가 어떤 학교일지 부모는 당연히 궁금한 게 많다.

선생님은? 교육환경은? 흐트러져 있지는 않은지, 괴롭힘은 없는지, 학부모와의 관계는 좋은지 등등 불안의 씨앗은 끝이 없다.

료상의 초등학교 입학을 앞두고, 나도 고민이 많았다. 게다가 그는 휠체어 유저로서 살아왔다. 연필도 잡지 못하고 식사도, 배설도, 이동도 다른 사람의 서포트 없이는 안 된다. 산 넘어 산이다.

보통, 장애아들에게는 취학처가 크게 2가지 선택지로 나뉜다.

- 지역 초등학교
- 특수학교 초등부

각각 아이의 건강상태나, 통학의 편리함, 부모의 가치관 등에 따라 선택한다. 우리 집의 경우, 지역 초등학교를 고르게 되었다. 그 이유는 하나.

- 동네 아이들에게 료카의 존재를 알리고 싶다.
- 학교가 공원을 하나 사이에 두고 코앞에 있다.

공부는 중요하지 않다. 그것보다도, 집 밖으로 나갔을 때,
"안녕, 료카!"
이렇게 말을 걸어줄 동네 친구를 만들어 주고 싶다고 생각했다. 장애로 인한 간극이란, 서로 상대에 대한 것을 잘 모르기 때문이다.

모르는 것이나 모르는 사람은 무서워진다. 료카를 아는 사람을 한 명이라도 동네에 늘리는 것으로써, 그를 둘러싼 사회를 따뜻하게 만들어 주고 싶다고 생각했다.

결론부터 말하자면, 이 선택 덕분에, 료상의 인생을 말할 때 빼놓을 수 없는 인물을 만날 수 있었다. 료상을 현재의 모습으로 성장시킨 큰 기반이 된 시기, 초등학교 시절이 시작되었다.

제2장

도
전

13

오카무로 선생님

다음 해 료상은 무사히 지역 초등학교에 입학했다. 입학 초에는 내가 일일이 도와줘야 했지만 금세 다른 아이들처럼 료상 혼자서 초등학교 생활을 할 수 있게 되었다. 료상은 특수학급과 일반학급을 오가면서 서서히 학교에 적응해갔다.

반면에 나는 정신없이 바빴다. 어린이집 시절에는 집을 9시~9시 15분쯤 나가면 됐는데, 초등학교에 들어가자 그보다 한 시간이나 앞당겨진 8시에는 료상과 집을 나서야 했다. 자고로 아침의 5분이란 저녁의 30분과 맞먹을 정도인데, 한 시간이나 빨라지다니……. 이건 사활이 걸린 문제인 것이다.

초등학교의 시간에 익숙하지 않았던 처음에는, 화장할 시간은 되는데 옷차림까지는 생각할 여유가 없어 후줄근한 차림 그대로 출근을 했다.

그러나 쇼윈도에 비친 내 모습을 볼 때마다 그 모습이 너무나

맘에 들지 않아서, 급기야 가게에 뛰어들어 옷 한 벌을 질러버리는 바람에 가계부에 큰 적자를 내고 말았다.

그런 생활에 진절머리가 난 나는, 매일 밤 이불에 누워 활짝 열어젖힌 옷장을 바라보고, 내일 입고 갈 옷, 그리고 신발까지 정해두고서야 잠이 들었다.

엄마와 아들 모두 초등학교 생활에 익숙해지고, 료상이 2학년에 올라가면서 만나게 된 분이 오카무로 선생님이다.

료상은 처음에는 "저 남자 선생님, 싫어."라며 투덜대던 시기도 있었지만, 오카무로 선생님의 노력 덕분에 점차 남자들 사이의 신뢰 관계를 맺어갔다.

당시 갓 취임한 오카무로 선생님께 부탁한 것은 두 가지였다.

- 특별 취급하지 말고, 다른 아이들과 같이 대해 주세요.
- 할 수 없는 것은 어떻게 하면 할 수 있을까를 함께 고민해 주세요.

기본적으로 '학교 일은 학교에 맡기자'라고 생각했기 때문에, 오카무로 선생님이 료상과 해보고 싶다고 하면 전적으로 믿고 맡기기로 했다.

나는 학부모일 뿐 선생님이 아니다. 그래서 학교에서의 공부나 생활면에 있어서는 전문가인 선생님께 맡기는 것이 좋겠다고 생각했다.

하이힐을 신고 휠체어를 밀다

부모의 시야는 부모라는 한계가 있다. 부모이기 때문에 아이를 누구보다 잘 안다고 생각하겠지만, 부모이기 때문에 보이지 않는 것도 분명 있는 것이다.

오카무로 선생님도 처음에는 뇌성마비인 료상을 어떻게 대해야 할지 완전히 '어둠 속에서 미로 찾기'였다고 한다. 휴일도 반납하고 장애인과의 커뮤니케이션 방법이나 지원기기의 정보 등 다양한 것을 연구해주셨다. 일 년이 지났을 즈음에는 오히려 내가 오카무로 선생님께 물어볼 정도가 되었다.

오카무로 선생님은 료카에게 아무런 선입견 없이 다가와, 편안하게 대해주며, 어떻게 하면 료상이 즐겁게 다양한 것을 경험할 수 있을까를 고민하고 실천해 주었다. 그런 선생님을 료상도 '오카무로'라고 편하게 부르며 메롱, 하고 장난을 칠 정도로 믿고 따르게 되었다.

14

울지 마, 료상

료상이 초등학교 3학년 때, 오카무로 선생님이 스타벅스에 가자
고 제안해 주셨다. 그때까지는 부모님이나 할머니, 할아버지 등 가
족 이외의 사람과는 한 번도 외출한 적이 없었던 료상이었다.

좀처럼 "응"이라고 말하지 않는 료상에게 "누구와 같이 가더라
도, 어디든 외출할 수 있게 되면 료카의 세상은 훨씬 넓어질 거야."
라고 말씀해주셨다. 나도 그럴 거라고 생각했다. 그러나 초등학교 3
학년인 료상에게는, '세상이 넓어진다'는 말이 무슨 뜻인지 잘 와
닿지 않는 듯했다.

초등학교 입학 당시의 료상은 '처음 보는 물건'이나, '예상치 못
한 것'들에 화들짝 놀라곤 했다.(예를 들어 지금도 휴식 중인 그에게 "근데
있잖아"라고 불쑥 말을 거는 것만으로도 그는 매번 펄쩍 뛰며 놀란다.) 대체로
낯선 것들을 무서워했다.

엄숙한 분위기의 입학식을 할 때도, '크게 통곡하며 입장 → 입학식 도중에 혼자만 울상을 짓고 있기 → 오열과 함께 퇴장'으로 마감했다. 료상의 초등학교 생활은, 그렇게 요란하게 시작되었다.

어떻게든 료상을 밖으로 데리고 나가려고 "커피 전문점에서 마시는 아이스 카페라테는 정말 맛있어!!"라며 선생님은 카페라테 카드를 들이밀었다. 그런 선생님에게 료상도 차마 딱 잘라 뿌리치지 못하고 "아이스 카페라테, 맛있겠네……."라고 전혀 마시고 싶지 않은 얼굴로 중얼거렸다.

결국 우메다까지 나간 료상은 얼마 되지 않아 눈물을 뚝뚝 흘리며, 온몸이 땀으로 범벅이 된 선생님과 함께 돌아왔다.
"생각이 바뀌어서 오렌지 주스를 마셨어요."
그런 두 사람의 모습에서 여정의 가혹함을 생생하게 느낄 수 있었다. 흐느끼는 료상에게 나는 단호하게 "울지 마!"라고 말했다.
"료카, 너 평생 엄마랑 같이 살 거야?"
나는, 나 말고 가족 이외의 사람과 밖에 나갈 수 있다는 것이 얼마나 대단한 것인지 말해주었다.
"료카는 어디를 가든 누구와도 함께 나갈 수 있어! 료카의 세상은, 료카만의 것이야. 엄마는 료카를 엄마의 세상에 묶어두고 싶지 않아. 료카는 전 세계 어디든지 갈 수 있으니까, 엄마나 할아버지 옆에만 있으면 안 돼."

아랫입술을 삐쭉 내밀고 료상은 울고 있었다.

"걱정 안 해도 돼. 엄마는 언제든지 여기서 료카를 기다리고 있을 거니까."

"괜찮아, 료카라면 할 수 있어. 료카라면 할 수 있어."

나는 료상에게 반복해서 말하면서, 그렇게 나 스스로에게도 타일렀다.

이후로 료상이 울면서 돌아올 때마다, 료상의 눈물을 볼 때마다, 뭐라고 말할 수 없는 기분이 들었다. 그러나 아무리 울어도 '이제 그만두자'라고 하는 선택지는 후보에 없었다. 료상도 그만두고 싶다고는 말하지 않았다.

"열심히 했네. 훌륭하다. 저번보다 5분이나 더 오래 있었잖아!"

칭찬해주고 또 칭찬해주며 껴안아 주었다.

'이제 그만둘까?'를 말하지 않기 위해 조금 빠른 말로 료상에게 계속 말했다.

그로부터 8년 후. 료상은 누구와도, 어디라도 나갈 수 있게 된 덕분에, 휠체어 히치하이킹으로 나 홀로 여행까지 할 수 있게 되었다.

'그렇게 울었으면서'가 아니라 '울었기 때문에' 가능해진 일이다.

괴로운 경험, 힘든 경험, 분한 경험. 그것들은 오히려 자산으로 쌓인다. 행복하고, 따뜻하고, 상처받지 않고, 단지 행복하게, 가족

하이힐을 신고 휠체어를 밀다

옆에서 편하게만 있었다면, 지금의 료상은 없을 것이다.

"괜찮아, 너는 네가 생각하는 것보다 훨씬 멋지게 살아가고 있어. 그러니까 더 이상 우는 건 그만 둬."

그날로 돌아갈 수 있다면 이렇게 말하고, 이번에는 웃으면서 꼭 껴안아 줄 것이다.

15

너라서 할 수 있는 것

료상이 4학년이 되었을 때, 여동생 츠카사가 태어났다.

츠카사가 태어나기 전에는 "엄마를 빼앗기면 어떡해……"라고 말하며 불안해하던 료상이었지만, 츠카사를 처음 본 순간 "귀, 귀여워어어어어!"를 외쳤다. 아기에게 머리를 쥐어 뜯겨도, 콧구멍에 손가락을 찔려도, "괜찮아, 괜찮아."라며 웃고 넘기는 여동생 바보의 모습을 보여주었다.

그날은 휴일로, 마침 거실에 가족들이 다같이 모여 있었다. 평소처럼 TV 장식장 서랍 안에서 껌이나 물티슈나 낡은 리모컨을 꺼냈다 넣었다 하고 있던 9개월의 츠카사가 갑자기 서랍을 붙잡고 벌떡 일어섰다.

"헐!"

내가 먼저 놀랐고, 남편도 뒤따랐다.

"우와. 츠카사!"

처음으로 내 자식의 일어선 모습을 보는 순간은 TV 드라마에서 보던 한 장면과 똑같았다. 남편도, 나도 츠카사가 일어선 것에 놀라 기뻐하고 환호했다.

"역시 츠카사는 뭐든 빠르구나."

"그야 이런 튼튼한 발을 갖고 있으니 빠른 건 당연하지."

의기양양하게 두 다리를 쭉 뻗고 서 있는 딸의 등을 흐뭇하게 바라보았다. 그러다, 옆에 있던 료상과 눈이 마주쳤다.

료상은 누가 어떻게 봐도, '깜짝 놀랐다'는 표정이었다. 나는 료상의 표정을 보고 흠칫, 놀랐다.

'이건 TV나 책에서 읽은 적 있는, 왜 나만 일어설 수 없어요라고 물어보는 장면인 건가.'

그런 것을 1초 정도 생각하면서,

'자, 어떡할래? 오리에.'

료상의 눈을 똑바로 바라보며 생각했다.

절대 거짓말은 하고 싶지 않고, 바보 취급도 하고 싶지 않다. 있는 그대로를 숨김없이 전하고 싶다. 할 수 있겠니, 오리에?

어쨌든, 료상에게도 나에게도 솔직하고 싶었다.

"나는 일어설 수 없는데, 왜 츠카사는 일어설 수 있는 걸까, 라고 생각하고 있니?"

나는 료상 전용 의자(앉는 자세 보호 유지 장치)에 벨트로 고정되어 앉아 있는 료상의 얼굴을 정면으로 마주 보며 물어보았다.

"네."

료상은 기쁜지 슬픈지 모를 표정으로, 짧게 대답했다.

'그러게. 우리 가족 중에 못 걷는 건 너 하나뿐이네.'

정직하게 말하면 너무 잔혹할까. 료상의 표정은 변함이 없다.

그렇게 생각하면서 나는 어떻게 하면 료상에게 내 생각을 잘 전달할 수 있을지 곰곰이 생각했다. 진심이 전달되었으면 좋겠다.

"료상, 의족이라고 알아?"

"네."

"그것도 있잖아, 그 사람만의 '걷기'지? 예를 들어 해외에서는 발이 없어도 스케이트보드를 타고, 손으로 밀며 걷는 사람도 있잖아. 그것도 그 사람만의 '걷기'잖아."

"네."

"그럼 료상의 '걷기'란 뭐야?"

"휠체어……."

"그래, 휠체어야."

하이힐을 신고 휠체어를 밀다

웃는 얼굴로 말했다.

"확실히 의족으로 걷는 사람도, 스케이트보드로 걷는 사람도, 휠체어로 걷는 사람도, 자기 발로 걷는 사람들보다는 적을 거야. 그렇지만, 적은 게 뭐가 문제야?"

료카는 입을 꼭 다문 채 듣고만 있었다.

"다수는 옳고, 소수는 문제라는 건 잘못된 생각 아닐까?"
그렇게 말하며 웃어주자, 그도 빙긋, 하고 웃었다.
"그렇지? 걷는 방법은 사람마다 다 다른 거야. 엄마는 발. 료상은 휠체어. 그뿐이야."
료카는 고개를 끄덕였다.
"그렇지만 말이야."
료상의 손을 잡았다.
"그렇지만 말이야, 엄마는 이렇게 생각해. 다른 사람들과는 다른 료카이기 때문에 보이는 풍경이 있는 거 아닐까. 다른 사람들과는 다른 료카이기 때문에 할 수 있는 것이 있지 않을까. 그게 지금 무엇이냐고 물어보면, 엄마도 몰라. 그걸 찾을 수 없을지도 몰라. 그렇지만 분명히 있어. 그게 뭔지 같이 찾아가지 않을래?"

웃으면서 말했다. 웃는 것으로, 괜찮다고 전하고 싶었다. 그것을 찾아가는 과정은 힘들겠지만, 즐거울 거야.

"다른 사람과 다른 것은 나쁜 것이 아니야. 사람은 서로 다르기 때문에 다른 누군가에게 힘이 될 수 있어. 다른 사람들과 똑같은 무언가가 되려고 하지 않아도 돼. 사람은 각자 다르기 때문에 평등한 거야."

"네."

료상은 딱 한마디만 했다. 그러나 그의 눈은 빛나고 있었다. 희망이 피어나고 있었다. 아아, 괜찮다. 그렇게 생각했다. 그리고 나도 결의를 다졌다.

나는 료상을 평생 지켜줄 수는 없다. 안타깝게도 엄청난 돈도 남겨줄 수 없을 것 같다. 내가 할 수 있는 것은, 료상이 자신의 인생을 자신의 발로 살아갈 수 있도록 힘을 길러주는 것뿐이다.

장애는 결코 료상의 인생에 드리운 검은 그림자가 아니다. 장애는 그저 겉으로 드러난 '다른 사람들과의 다름'일 뿐이다.

그날, 료상과 이런 약속을 했다.

- 많은 사람과 만나서 자신의 가치관을 펼치기
- 누구에게든 감사한 마음과 웃음을 잃지 않기
- 자신의 가능성을 스스로 발견할 줄 아는 사람이 되기
- 어떤 환경에 있어도 그 안에서 스스로 빛을 찾을 줄 아는 사람이 되기
- 동정이나 위로가 아니라 윈-윈의 관계로 사람들과 이어질 수 있는 사람

하이힐을 신고 휠체어를 밀다

장애인으로 살아가는 게 아니다. '하타케야마 료카'로서 살아가
는 것이다.

16

스무 살이 되면 집을 나가라

미래가 어떻게 될지 솔직히 잘은 모르겠지만, 거의 불가능하다고 해도, 그래도 미래란 내가 마음먹은 대로 만들어갈 수 있지 않을까?

츠카사가 처음 일어섰던 그날. 얼떨떨한 표정의 료상에게 나는 "다른 사람들과는 다른 너만이 할 수 있는 것을 함께 찾아보자."고 말했다.

그 뒤, 료상이 자신을 정면으로 마주보려 한다는 것을 알게 된 나는, 조금 빠르지 않나 망설이면서도, 전부터 생각하고 있던 것을 말하기로 했다.

"료카한테 물어보고 싶은 게 있는데, 괜찮아?"

"네."

"료카는, 죽을 때까지 엄마랑 살고 싶어? 그게 아니면 언젠가 결혼해서 예쁜 아내와 살고 싶다는 생각도 있어?"

"음……. 결혼하고 싶어."

"좋아……. 결혼은 할 수 있겠어?"

"할 수 있어."

"아하하하! 그렇구나. 있잖아, 나랑 료카는 엄마랑 아들이지만 결국에는 타인이야. 료카는 엄마가 아니고, 엄마도 료카가 아니야. 무슨 의미인지 알겠어?"

"네."

"그래. 우리는 부모 자식 사이지만, 각각의 인간이야. 그러니까 엄마는 료카의 인생을 살 수 없어. 엄마는 엄마의 인생을 살 거야. 그 대신 료카도 엄마의 인생을 살지 않아도 돼."

"?"

"조금 어려운가 보구나. 그렇지만 굉장히 중요해. 지금은 의미를 완전히 이해하지 못해도 괜찮으니까, 들어줄래?"

"네."

"엄마는 어렸을 때, 부모님이 시키는 대로만 해야 했어. 아빠나 엄마가 바라는 것만 해야 했지. 내가 하고 싶은 것보다도, 아빠와 엄마가 원하는 대로만 살아야 해서 정말 괴로웠어."

"네."

"그래서 료카는 료카의 인생을 주도적으로 선택하면서 걸어갔으면 좋겠어. 근데 혹시 엄마가 료카의 인생을 엄마와 함께 걸어가게 하면, 결과적으로 료카는 엄마의 인생을 걷는 게 되잖아? 엄마는 그런 건 절대로 안 된다고 생각해. 그러니까, 엄마는 엄마만의 인생을 걸어갈 거야. 그러니까 료카도, 엄마는 신경 쓰지 말고, 스스로가 생각하는 대로 살아가면 돼."

"네. 알겠어요."

"그리고 일단 스무 살이 되면, 집을 나가줄래?"

"?!"

"너, 평생 죽을 때까지 엄마랑 살고 싶니?"

"그건……, 싫어."

아하하하! 나도 모르게 웃음이 터져 나왔다.

"그렇지? 싫지? 혼자 사는 것도 좋아!! 부모님 눈치도 안 봐도 되고, 원한다면 좋아하는 사람이랑 같이 살 수도 있어~."

빙긋 웃는 료상.

"물론 그게 실현될 수 있도록 엄마도 전력을 다해 스무 살까지 응원할 테니까, 너무 걱정 안 해도 돼. 일단 해볼까!"

"네! 해볼게요!"

이 약속을 한 것은 절대로 료상과 살아가는 것이 싫어서가 아니다. 그러나 함께 살아가는 것 외에 달리 방법이 없는 게 아니라는 것을 료상에게도, 나 자신에게도 말하고 싶었다.

'함께 사는 것'도 물론 좋지만, '함께 살지 않는' 선택지도 있다. 선택지가 하나밖에 없다고 하면, 너무 답답하고 따분하고 뭔가 우

　　　　　　하이힐을 신고 휠체어를 밀다

울하다.

자유로이 움직일 수 없어서, 말을 할 수 없어서, 혼자서 배변을 볼 수 없어서, 혼자서는 식사를 할 수 없어서, 음료를 마실 수가 없어서, 마음대로 이동할 수 없어서, 양치를 할 수 없어서, TV의 리모컨을 누를 수 없어서…….

'혼자 사는 것이 힘든 이유'는 분명 무수히 많을 것이다.

그렇지만 '할 수 없어서 못하는 것'이라면 뭔가 억울하고 싫다. 스무 살이 되어도 집을 나갈 수 없을지도 모른다. 그러나 나갈 수 있을지도 모른다. 그럼 나갈 수 있게 되도록 지금 어떤 선택을 하는 것이 좋을까.

학교는? 행동은? 일은?

이루고 싶은 미래부터, '지금' 할 일을 생각해 보았다. 그러자 뭔가 즐거워졌다. 매일매일이 두근거렸다. 안 될지도 모른다. 그렇지만 상관없다. '해보고 싶다.' 그 감정이 중요하다.

해보고 싶은 것이 있다면, 어떻게 하면 할 수 있을지 알아보고, 할 수 있는 것부터 해본다. 그게 쌓이고 쌓이면 료상을 강하게 할 수 있을 것이라고 생각했다.

그날부터, 료상의 '하고 싶은 것'을 찾는 여행이 시작되었다.

17

'하고 싶은 것'을 찾는 여행

'하고 싶은 것'을 찾는 나날들이 쌓여, 료상은 어느새 6학년이 되었다. 내년이면 중학생이다. 이대로 친구들과 지역의 학교에 진학할까, 아니면 특수학교에 진학할까. 진학에 대해서도 료상과 몇 번이나 대화를 나누었다. 지역의 학교에 진학하면 친구들이 있어서 좋다.

다만, 같은 학교에 진학한다고 해도, 특수 학급에 배정되어 초등학교 때처럼 반 친구들과 함께 교실에서 지내는 것보다는 개별 특수 학급에서 보내는 시간이 더 많을 것으로 예상되었다.

선생님도 장애아 전문가가 아닐 가능성도 있고, 미래의 '자립=누구에게도 기대지 않고 혼자서 살아간다.'를 상상해 보면, 친구는 별로 없겠지만 지금부터 전문적인 기기를 다루는 법이나 많은 정보를 배우는 것이 가능한 특수학교에 진학하는 편이 좋지 않을까. 또 료상처럼 장애가 있는 아이들끼리의 공감대 형성이라든가, 잘은 모르겠지만 그들끼리 통하는 재미있는 대화가 있을지도 모른다.

'그것은 그것대로 중요하지 않나?'

라고 하는 결론에 도달했다.

초등학교 친구들과 헤어지고 료상은 특수학교에 입학했다. 그런데 입학하고 나서야 알게 된 사실이 많았다.

먼저, 아이들의 수가 적었다. 료상의 학년에는 세 학급이 있었는데, 전부 다 합쳐도 10명이 채 되지 않았다. 그중에 의료적으로 '중증'으로 진단받은 아이가 절반이나 되었기 때문에, 아이 한 명당 거의 일대일로 선생님이 배치되어 있었다. 대화가 통하는 아이도 거의 없었다. 료상이 이렇게 수다쟁이였던가? 라고 생각될 정도였다.

또 안타깝게도 료상이 입학한 해에는 아직 장애인 보조기기를 잘 다루는 선생님이 계시지 않았다. 그래서 우리가 상상하던 '특수학교 생활'과는 전혀 다르다는 것을 입학한 지 일주일이나 지나고서야 우리는 알게 되었다.

그렇지만, 안타까운 것만 있는 것은 아니었다. 그게 가장 흥미진진한 부분이다. 무려……, 료상이 학생회 선거에 입후보했다는 것이다! 그 소식을 들었을 땐 가족 전원이 똑같은 반응을 보였다.

"누가, 어디에 입후보를 했다고?"

그 정도로, 료상을 아는 사람이라면 '료상, 학생회 선거 입후보'는 마치 자다가 물벼락을 맞은 것처럼 예상치 못한 일이었다!

어린이집과 초등학교 시절의 료상은 언제나 '사랑받는 캐릭터'
가 아니라 '보호받는 캐릭터'였다. 항상 모두가 '아무것도 못하는
료카'를 둘러싸고 지켜주고 도와주었다. 괴롭힘 한 번 당한 적도 없
었다. '아무것도 못하는 료카'는 대체로 모두에게 항상 무언가 도움
을 받고는, "고마워!^^"라고 말하며 방긋방긋 웃고 다녔다. 모두에
게 보살핌을 받았고, 도와준 이들은 보람을 느꼈다. 그것이 료상의
역할이었다.

그런 료상이 학생회 선거에 입후보를 하다니! 뭐가 어떻게 된
일인가. 휠체어 뒤에 '부회장에는, 하타케야마 료카를!'이라는 피켓
을 대문짝만 하게 꽂고 각 교실을 도는 료상의 동영상을 선생님께
서 보내주셨다. 초등학교 때와는 너무나도 다른 이 상황에, 우리
집은 잠시 소란스러웠다. 그렇다고 이유를 물어봐도,

"뭔가, 해볼까······(라고 생각한 것뿐)."

라고 말할 뿐, 석연치가 않았다. 뭐, 그럴 수도 있지······. 모두 고
개를 갸우뚱거리면서도, 새로 태어난 료상을 지지해 주었다.

"아들, 판세는 어때?"

"오늘의 선거활동은 어땠어?"

"오빠! 선거 잘 돼?"

"어떻게 됐어, 어떻게 됐어?"

라며 한 사람씩 집에 돌아올 때마다 물어보며 료상의 첫 도전
에 모두가 신경 쓰고 응원했다.

그리고 결과는······

멋지게 낙선!

참패였던 것 같다. 학생회는 3학년과 2학년 중심으로 이루어져, 1학년인 료상은 이름 한 번 불리지도 않았던 것 같다.

집에 돌아와 현저하게 말수가 줄어든 채, 웃음기가 사라진 료상에게,

"원래 1학년한테는 안 맡기는 거였구나? 내년에는 분명 붙을 거야!"

"고생했네. 진짜 멋있었다니까!"

"오빠! 따랑해~."

할아버지, 할머니를 포함한 가족 모두가 맥없이 어깨가 축 처진 료상을 전심전력을 다해 위로했다. 하지만 속으로는, '이제 내년에는 입후보 안 하겠지' 우리들은 모두 그렇게 생각했다.

그런데 다음 해. 2학년이 된 료상이 다시 또 "학생회 선거에 입후보 했어"라며 기쁜 얼굴로 돌아왔을 때,

"엥? 왜?"

라고 어른들은 놀라서 입을 다물지 못했다. 당연히 작년 낙선의 충격으로 다시는 도전하지 않을 것이라고 생각하고 있었던 것이다. 나조차 그렇게 생각했다는 것을 깨달았을 때는 식은땀이 날 정도로 부끄러웠다. 동시에 '료상, 좀 대단하네'라고 생각했다.

"있잖아~, 왜 또 입후보를 한 거야?"

"……."

"아니……, 작년에 나가서 낙선했잖아? 그때 이제는 안 할래, 라는 생각 안 했어?"

"안 했어."

"왜?"

"학생회 활동을 해보고 싶으니까."

"그렇구나……. 그러게, 해본 적 없었으니 한 번쯤 해보고 싶겠지?"

"네."

'지극히 당연'하다는 얼굴로 료상은 고개를 끄덕였다. "응원할게"라고 말하자 료상은 "고마워"라고 대답한 뒤 입꼬리가 올라간 미소를 지어 보였다.

그리고 올해의 도전을 위한 작전은 뭔지 물어봤다.

"지난번에는 부끄러워서 다 못 돈 학년도 있었어."라며 부족했던 점을 반성하고 2학년뿐만 아니라 1, 3학년 교실에도 작년에 만든 피켓을 재활용하여 (선생님, 그걸 또 보관해두셨네요!) 쉬는 시간마다 유세활동을 펼칠 것이라고 얘기했다.

가족 모두는 엄지를 치켜들고 료상의 결단에 응원을 보냈다.

하이힐을 신고 휠체어를 밀다

그 결과는…….

또 '낙선!'

"거짓말!! 도대체 왜!! 분명 당선될 거라고 생각했는데!"
절규하는 나에게,
"내가…… 조금 부족했을지도."
료상이 띄엄띄엄 중얼거렸다. 그 옆모습을 가만히 바라보며, '이거 재밌어졌는데?'라고 생각했다.
"그럼, 내년에는 어떡할 거야?"
얼굴을 빤히 들여다보며 이제 막 낙선한 료상에게 물어보았다.
료상은 히죽 웃으며 한마디했다.
"할거야. 포기할 수 없어."
"OK! 그래야지!"
둘이서 얼굴을 마주보며 웃었다. 이렇게 된 이상 선택은 하나.
세 번째 도전이다!
낙선한 지 몇 시간도 지나지 않아 일 년 후를 기대하는 료상이 눈부시게 보인 것은, 료상을 비추던 발그레한 노을빛 때문만은 아니었다.

그리고 드디어 올해도 찾아왔습니다, 학생회 선거!
3학년이 된 료상에게는 LAST CHANCE!

료상은 '최선을 다했다'고 생각하는 것 같았다. 무엇을 얼마나 최선을 다했는지는 잘 모르겠지만, 어쨌든 자기가 그렇게 생각한다는 것이 중요하다. 결과보다는 과정이 소중하다고 생각한다. 그렇지만 기왕 여기까지 온 이상 '당선되면 좋겠다……'고 생각했다.

그러다 흠칫, '나도 별 수 없는 극성 엄마였네.'라고 생각하는 자신에게 조금 웃음이 났다. 료상은 언제나처럼 버스에 올라 등교했다.

그리고 여섯 시간 후, 이제나저제나 목을 빼고 집에 돌아오기만을 기다리고 있던 나와 눈이 마주친 료상.

"당선…… 됐어."

료카는 목소리를 겨우 쥐어짜내며 웃었다. 삼수 끝에. 벚꽃이 피었다!

"잘됐다!! 축하해~, 료카!"

우리는 폴짝폴짝 뛰며 꼭 껴안았다. 사실은 일방적으로 껴안았다. 료상은 다소 귀찮은 기색도 없지 않았지만, 그래도 역시 기쁜 듯했다. 포기하지 않은 끝에 기어코 손에 넣은 학생회 부회장이라는 칭호와 료카의 노력을 축하해 주고 싶어서, 그런 것쯤은 대수롭지 않았다.

"료카, 3년 동안 포기하지 않아서 다행이다!"

"네. 다행이에요. 열심히 했어요."

'학생회 임원 임명장'을 힘껏 움켜쥐며, 자화자찬하는 료상이 어이가 없기도 하고 대견하기도 했다.

하이힐을 신고 휠체어를 밀다

기쁜 순간이 한 차례 파도처럼 지나간 후에, 나는 계속 궁금해하던 것을 물어보기로 했다.

"료상 있잖아, 초등학생 때부터 학생회 해보고 싶다고 생각했던 거야?"

"생각, 안 했어."

"그래? 왜?"

그는 잠시 생각한 후에,

"내가. 할 수 있을 거라고, 생각, 안 했어."

"중학생이 되어서는 할 수 있겠다고 생각하게 된 거야?"

"됐어."

"어머, 왜?"

잠시 시선을 위로 향한 뒤, 료상은 쥐어짜내는 듯한 목소리로 이렇게 말했다.

"도움이, 되고 싶어."

"도움이 되고 싶어? 누구에게?"

"……친……구."

그렇구나……. 초등학교 때는 '아무것도 할 수 없는 료상'이자 '보호 받는' 위치에만 있었다. 하지만 특수학교에서는 료상보다 더 중증 장애를 가진 친구들과, 생과 사의 경계에 있는 친구들이 있었다. '친구'들의 상태가 변한 것으로, 어느새 료상은 '보호받는 쪽'에서 '보호하는 쪽'으로 바뀌었던 것이다. 그 변화가 그의 마음을 강하게 하여, 도전정신을 자극했다는 것을 알게 되었다.

사람은 처한 환경에 따라 이렇게 변하고 성장할 수 있다는 것을 처음으로 목격했다.

- 자신을 어떤 환경에 둘 것인가. → 이것은 선택이다.

다양한 이유로 선택을 할 수 없었다고 해도,

- 처한 환경을 어떻게 이해하고, 그 안에서 무엇을 행할 것인가. → 이것은 해석과 행동이다.

우리의 일상에는 성장할 수 있는 기회가 얼마든지 있을지도 모른다. 계기가 있고, '해보고 싶다'는 마음을 응원해주는 사람이 있다면 사람은 180도 바뀔 수 있는 것이다.

18

할 수 있든 없든, 다 괜찮다

학생회 부회장에 당선되고, 중학교 3학년이 된 지도 수개월이 지난 어느 날, 직장을 그만둔 나는 료상과 나란히 앉아 멍하니 저녁 뉴스를 보고 있었다.

"……계속해서, 오늘의 특집은 '말馬 치료'입니다. 장애가 있는 아이들과 말의 만남에 대해 취재했습니다."

화면에는 발달장애나 정신장애, 지적장애가 있는 초등학생 남자아이나 여자아이가 즐거운 듯 말과 교감하거나 말을 타고 있는 모습이 나오고 있었다.

"승마, 좋네……."

반은 혼잣말로, 반은 료상에게 하는 것처럼 나는 그렇게 중얼거렸다. '뭐, 료상이랑은 관계없겠지만'이라고도 생각했다. 료상은 동물과는 정말, 정말, 정말! 상극이기 때문이다. '냄새나고, 움직이기' 때문이라고 했다.

그런데, 이상한 시선을 느끼고 료상을 쳐다보다 눈이 마주쳤다.
"왜 그래?"
내가 묻자 잠시 후 료상은 이렇게 말했다.
"승마……, 해볼까?"

응? 순간 료상의 말이 이해가 되지 않았다.
"승마가 뭔지 의미는 알고 말하는 거니? 승마라는 건 말을 탄다는 거야. 말이란……, 동물이다?"
"알고, 있어."
그리고는 다시 한 번 이렇게 말했다.
"말, 타볼까?"

아니, 아니, 왜 아까부터 내 말을 좀 무시하는 것 같지? 그렇게 생각하며 다시 한 번 확인했다.
"승마, 말을 타보고 싶다고 말하는 거 맞아?"
"네."
"진짜지? 진짜로 타고 싶다는 거지?"
"네."
"타고 싶다면 한번 알아보기는 할 건데, 중간에 그만두는 건 안 된다? 알겠지?"

"……네."

순간 망설이기는 했지만, 료상의 마음이 바뀌기 전에 곧바로 연락처를 찾아서 전화를 해 보기로 했다.

료상이 초등학교 4학년 때, 나와 료상은,

"다른 사람과 료카는 다르니까, 오히려 료카만이 할 수 있는 것이 무엇인지 생각하고 찾아보자."

라고 하면서 장래에 대해 생각해 왔다.

"음……. 응."이라고 고개를 빙글빙글 돌리며, 몸을 흔들흔들 움직이면서 (이것은 불수의적 움직임이기 때문에 의미는 없지만) 필사적으로 생각한 끝에 그때의 료상은 이렇게 말했다.

"좋아하는 건 있는데, 해보고 싶은 건 없어."

나는 너무 기가 막혀 뒤로 나자빠질 뻔했다.

좋아하는 것을 물어보면, 초밥이니 전철이니 이것저것 말하면서, 하고 싶은 건 없다? 료상이 자기를 '보살핌이 필요한 내가, 무언가를 할 수 있다니, 말도 안 돼'라고 생각하고 있다는 것을 알게 되었다.

"할 수 있을지 없을지는 생각하지 말고, 흥미 있는 거라면 뭐든 말해봐."라고 얘기하고, 그후 매년 '해보고 싶은 것, 두근거릴 만한 것'을 해보기로 했다.

다음날 아침. 온 가족이 모두 모인 자리에서 미리 알아둔 전화 번호로 전화를 걸었다.

"네, 여보세요."

전화를 받았다.

나는, 어제 방송을 보고 15세의 뇌성마비 아들이 승마에 도전 해보고 싶어 한다고 다음 이벤트가 있으면 신청하고 싶다고 말했 다.

담당자는 아래와 같이 알려주었다.

- 기본적으로, 정신·지적 장애아를 위한 이벤트라는 것
- 지금까지 휠체어를 탄 아이가 참가한 적은 있지만, 그렇게 큰 아이가 참 가한 적은 없었다는 것

그렇구나, 그럴 것이라고 생각은 했다. 나는 밑져야 본전이라는 마음으로 부탁했다.

"사실은, 원래는 동물을 싫어하는 아이인데요, TV 속 아이들의 모습을 보고 처음으로 도전하고 싶다고 했어요. 제가 할 수 있는 건 뭐든 할 테니까, 꼭 검토 부탁드립니다."

'해보고 싶다'

료상의 그 마음을, 존중해주고 싶었다.

그러자 전화기 너머의 M씨는 이렇게 말해주었다.
"그날 상황을 봐야 해서, 혹시 탈 수 없을지도 모르지만, 가능한 한 노력해 볼게요."
그 뒤, M씨와 몇 번이나 전화로 회의를 거듭한 끝에 그날을 맞이했다.
수많은 스태프들이 침을 삼키며 지켜보고 있는 가운데, 남성 스태프들에게 둘러싸여 료상은 새하얀 말의 등에 올라탔다. 료상을 뒤에서 받쳐주기 위해, 남성 스태프도 함께 말에 올랐다. 한 걸음, 한 걸음, 천천히 걸어 나가는 말. 료상의 몸도 그것에 맞추어 상하좌우 부드럽게 흔들렸다. 긴장한 표정의 료상, 잠시 후 돌아보는 얼굴은……, 활짝 웃고 있었다.

아아, 료상이 웃고 있다. 이렇게나 기뻐하는 얼굴을 보는 것이 대체 얼마 만인가.
료상이 이쪽을 보고 무언가 말하고 있었다. 입 모양을 읽어보았다.

'해 냈 어 엄 마.'

"해냈어, 엄마."

정신을 차려보니 나는 울고 있었다. 자원봉사자들도 울고 있었다. 높은 가을 하늘 아래, 많은 사람들 덕분에, '말을 타고 싶다'는 료상의 도전이 실현되었다.

협력해주신 모든 분들에게 그저 감사할 따름이다.

지금도 그날의 일을 회상하며, 료상은 말한다.

"안 될 거라고 생각하더라도, 꼭 도전해 보시기 바랍니다."

하이힐을 신고 휠체어를 밀다

19

특수학교, 그만두겠습니다

료상은 그후, 예정대로라면 그대로 특수학교 고등반에 진학했겠지만, '역시 친구가 필요해. 친구들과 시시콜콜한 이야기를 도란도란 나누고 싶어.'라는 꿈이 커져갔다.

가족들끼리 노래방에 갔을 때는 "친구들이랑 노래방에 가고 싶어", 내 고등학교 시절 이야기를 들었을 때는 "나도 밤늦게까지 놀아보고 싶어", "친구와 연애 이야기를 해보고 싶어", 야구 중계를 볼 때는 "친구랑 고시엔(전국 고교 야구대회-역자주)을 직접 보러 가고 싶어", 그런 '해보고 싶은 것들'을 입 밖으로 내뱉는 날들이 늘어나 그냥 흘려들을 수 없을 정도였다.

그렇지만 그건 특수학교를 다니면서는 실현하기 어려운 것들이었다. 앞으로 한 명의 사회인으로서 '나만이 할 수 있는 무언가'를 발견해, 혹시라도 그것을 직업으로 삼게 된다면, 일반 학교에서 고군분투하며 다양한 경험을 쌓아가는 것이 정말 중요할 것 같았다.

둘이서 머리를 맞대고 며칠간 고민한 결과, 일반 학교 입시에 도전하기로 결정했다.

　결정한 것은 좋았지만, 그 시기가 중학교 3학년의 초여름이라는 게 문제였다. 덕분에 선생님이 힘들게 된 것이다. 일반 학교로 진학하겠다는 결정을 알렸을 때, "어……" 찰나였지만 잠깐의 정적은 그것이 얼마나 비정상적인 말인지, 얼마나 늦은 타이밍에 말한 것인지 알 수 있었다.

　"일반 학교라면 어디든 좋아요."라고 해맑게 웃으며 말하는 료상을 보고는,

　'아니, 어디든 좋을 리가 없지 않겠니. 선생님의 얼굴을 보고 얘기하거라! 당황하고 계시지 않느냐!'

　그렇게 속으로 혀를 끌끌 차며 급히 몇 군데 정도 후보를 추천해 주십사 부탁드렸다.

　우선 입시 책자 뒤표지에 인쇄된 표를 바탕으로, 인클루시브 교육(통합교육. 장애 학생과 비장애 학생이 함께 생활하고 학습하며 서로를 이해하고 존중하는 공동체 의식을 길러주기 위한 교육과정 - 역자주)을 도입한 몇 개의 학교를 체크했다. 그중에서 거리, 학력(높은 곳은 엄격하니까 제외)을 조사하고. 공업고등학교를 포함한 세 군데에 견학도 가보았다. 결과적으로 자유로운 학교 분위기와 집에서 차로 편도 25분 거리에 있다는 점에서, 오사카 시내에 있는 일반 학교로 결정했다.

새해가 밝았고, 겨울의 추위도 조금 누그러진 3월. 면접시험을 통과해 희망한 고등학교에 합격하게 된 료상에게도 봄이 온 듯했다.

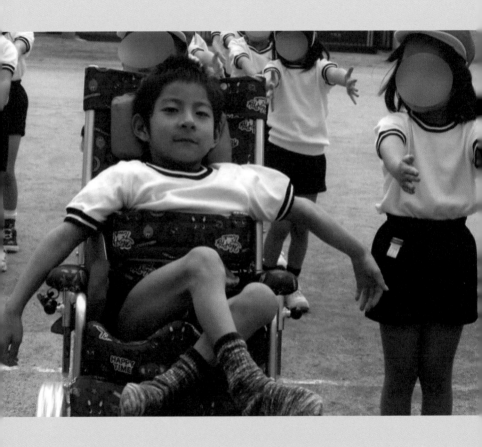

제3장

한 걸음

20

지옥의 건너편

허둥지둥 입시, 졸업, 그리고 입학식을 마치고 이제 겨우 한숨 돌렸다고 생각했던 것도 잠시, 6월의 어느 날 료상이 학교에서 '수업 선택 공지'라는 안내문을 들고 돌아왔다. 즉 '졸업 후의 진로에 따라 수업을 선택하세요'라는 뜻이었다.

"엊그제 입학했는데, 벌써 졸업 후를 선택하라니……. 도저히 따라갈 수가 없네."

한숨 섞인 목소리로 한탄하는 나에게

"그러게-."

겉으로는 얌전한 표정을 지어 보이고 있지만, 대충 대꾸만 하고 있을 뿐, 놈은 아마 아무 생각이 없을 것이다.

"일단 물어보는 건데, 졸업하고 뭐 해보고 싶은 건 있어?"

료상, 몸이 오른쪽으로 기울어진 채 멍하니 생각해보는 듯했지만,

"없어."

라고 한마디. 뭐, 그렇겠지. 잘 알지. 나도 고등학교 1학년 때는 아무 생각 없었거든.

"그래도 흥미롭다고 생각한 일이나, 재밌어 보인다고 느꼈던 것까지 폭넓게 생각해봐. 뭔가 없어?"

료상은 또 비스듬히 오른쪽으로 기댄 채 눈을 굴리며 생각하더니 이렇게 말했다.

"전국 일주."

"뭐? 전국 일주?!"

상상도 못한 스케일에 나도 모르게 목소리가 커졌다.

"전국 일주라니, 왜 그런 걸 해 보고 싶다고 생각한 거야? 있잖아, 호텔 숙박 같은 건 힘들어. 잘해봤자 텐트야. 넌 텐트에서 자본 적도 없잖아."

"없어."

"전국 일주를 목표로 삼으면, 우선 모르는 사람하고도 함께 텐트에서 잘 수 있어야 해."

"알겠어."

"알겠다니, 뭘 어떡하겠다는 거야?"

"텐트, 에서, 잘 거야."

"누구랑? 말해두겠는데, 나는 안 가. 내가 가면 의미도 없고."

"누구든."

"누구든이라니? 그게 누군데? 전혀 모르는 사람이랑 잘 수 있어야 의미가 있는 거야."

"응. 모르는 사람이랑, 자볼게."

"모르는 사람이라니까. 그렇게 간단한 문제가 아니라니까……."

대체 어느 누가 생면부지의, 게다가 16살의, 작은 아기도 아닌, 장애가 있는 그와 하룻밤을 지내줄 것인가. 그런 사람이 있을까? 음, 음……. 팔짱을 끼고 한참을 생각해보았지만 역시나 답이 없다. 찾아볼까.

"아들, 혹시 그런 사람이 진짜 있으면, 텐트에서 그 사람이랑 하루 자고 오는 거지? 진짜로 자고 올 거지?"

"으-응……."

료상은 망설이고 있다. 부모로서 이럴 땐 어떻게 대처해야 할까. 가능하다면 도전하도록 밀어주는 게 제일 좋긴 하지만.

결국, 관점을 바꾸어 캠핑장부터 찾아보기로 했다. 료상과 핸드폰 화면을 함께 보면서, '오사카시 캠핑장'을 검색해보았다. 그러자 두 번째로, '마이시마 바비큐파크'가 나왔다. 여기라면 집에서 차로 30분이면 갈 수 있는 거리다.

"료상! 여기, 여기 봐! 완전 가까워!"

화면을 아래로 주르륵 내리며 홈페이지를 뒤졌다.

"아, 텐트도 렌트할 수 있대. 좋네. 숯불 바비큐 그릴도 빌릴 수 있고. 음식만 준비하면 아무것도 없어도 다 할 수 있대."

무엇이든 할 수 있다는 걸 강조하면서 빙그레 웃어 보였다.

"여기라면 만약 뭔가 문제가 있어도 바로 데리러 갈 수 있어."

"……"

아직 망설이고 있다. 뭔가 마음을 확 사로잡을 방법은 없을까?
생각해 보자, 생각을 해 보자.

"아! 아침에 팬케이크를 만들어 먹는 건 어때? 재료도 간단하
고, 아침 햇살을 바라보면서 밖에서 팬케이크를 먹을 수 있다니, 너
무 멋지지 않니?"

료상의 눈빛이 반짝 빛났다. 좋다, 한 걸음 남았다.

"지금까지 한 번도 도전한 적 없는 거니까 불안하겠지. 그 마음
알아. 그렇지만 해본 적 없었던 것에서 느낄 즐거움이나 새로운 경
험이 기다리고 있을지도 몰라. 조금 자신 없어도 한번 해보는 게
어때?"

항상 울던 료상. 익숙하지 않은 장소, 익숙하지 않은 사람, 익숙
하지 않은 것이 나올 때마다 울던 료상. 그런 그가, 지금 용기를 내
새로운 한 걸음을 내딛을지, 포기할지 망설이고 있다. 내가 조금 강
한 말투로 밀어붙이고 있는 건지도 모른다. 하지만, 이번에는 등을
떠밀고 싶었다.

그래도 이 이상은 밀 수 없다. 여기서 더 밀어버리면, '가라고 했기 때문에 갔다'가 되어버린다. 료카 스스로 '내가 선택해서 해냈다'라는 성취감을 느끼게 할 수 없다. 남은 건 그가 결정해야 한다. 어떻게 할래? 료상.

"……알겠어. 해볼게."
그는 하겠다고 결심한 듯했다.
"그래. 응원할게."
그와 나, 누가 먼저라고 할 것 없이 마주 보며, "응"이라고 고개를 끄덕였다.

이 도전의 파트너를 찾기 위해 어떻게 하면 좋을까. 먼저 떠오른 것은 페이스북에 글을 올리는 것이었다.
SNS에 올리는 것은 리스크도 있지만, 좀 더 많은, 그리고 불특정 다수라고는 하지만, '나와 연결된 사람과 그와 연결되어 있는 누군가'가 본다는 안전한 부분도 있어 활용하기로 했다.
'친애하는 페친 여러분, 그리고 저를 처음 보는 여러분, 저는 16살이 된 뇌성마비 아이의 엄마인 '하타케야마 오리에'라고 합니다. 이 자리를 빌려 여러분께 부탁드리고 싶은 것이 있습니다.'
컴퓨터 앞에 앉아 몇 번을 썼다 지웠다, 썼다 지웠다를 반복하다가, 말을 이어 붙였다.

- 16살의 뇌성마비 아들이 장래에 전국일주를 꿈꾸고 있음
- 그 목표를 이루기 위한 첫걸음으로, 모르는 사람과의 텐트 숙박을 도전해보고 싶다고 하여, 함께해 줄 자원봉사자를 모집 중
- 장소는 오사카
- 장애의 상태는 식사, 이동, 배설 전부 돌봄이 필요함
- 텐트 등 준비물은 전액 부담해드림

등을 기재하고, 이렇게 마무리를 지었다.

'해보겠다!는 마음이 드는 분이 계시다면, 꼭 연락 부탁드립니다!'

그리고 좋은 인연이 나타나기를 바라는 마음으로 게시 버튼을 눌렀다.

그렇지만, 이런 걸 '재밌겠다!'라며 받아들여 줄 사람이 있을 리가. 그렇게 간단히 나타나지는 않을 것이다…….

아니었다! 있었다! 그런 사람이 나타났다!

프리랜서 작업치료사로서 도치기현栃木県에서 활동하고 있는 '토쿠' 씨. 물론 나도, 료상도 처음 알게 된 분이었다.

도전을 위해 토쿠 씨와 몇 번이나 연락을 주고받으며, 결전의 날을 9월 22일로 확정지었다. 그리고 그 전에 한번 만나기로 했다.

처음 뵙게 된 토쿠 씨는, 엄청나게 거대했다. 키도 크고 건장했

다. 상냥한 미소와 함께, 한마디로 '안심, 안전' 그 자체였다. 그중에서도 인상적이었던 것은, 토쿠 씨는 어떤 가수를 좋아하는지 물어봤을 때였다.

"저는 '쇼난노카제(일본의 남성 4인조 힙합 레게 그룹 - 역자주)'의 왕팬입니다. '와카단나(멤버 이름 - 역자주)'는 최고입니닷!"

라고 활짝 웃으며 알려주었을 때에는, 차분한 겉모습과 달라서 조금 놀랐다.

'아, 와카단나를 진짜 좋아하는구나. 쇼난노카제 노래 다시 들어볼까?'라고 생각했다.

사전에 녹화해둔 배변을 도와주는 모습을 보여드리고, 식사도 함께해보았다.

"이번 경험은 저에게 있어서도 공부가 되니까요."라며 교통비도 받지 않은 토쿠 씨는 9월의 재회를 약속하고 떠났다.

드디어 다음 주 캠핑 챌린지를 앞두었을 즈음, 료상의 텐션이 낮아졌다는 것을 눈치 챘다.

'이를 어쩐담?'

부엌에서 정리를 하며 료상에게 말을 걸었다. 입을 꾹 다물고 있는 료상에게,

"너, 가는 거 무서워진 거야?"

테이블 너머를 힐끔힐끔 바라보며 료상의 표정을 살펴보았다.

"네."

하아ー. 역시나. 처음은 아무래도 힘든 법이지. 뭐, 료카의 마음은 알겠지만. 자, 오리에, 어떻게 하면 좋을까.

"뭐가 제일 불안해?"

"화장실."

그래, 료상에게는 외출 시의 화장실이 가장 큰 난관일 것이다.

철이 들었을 때부터,

"나, 절대 기저귀는 안 할 거야. 기저귀를 차야 한다면 아무 데도 안 갈 거야."

라며 철저하게 화장실파였으며, 몸무게가 늘어서 안아서 배변을 도와주는 것이 불가능해졌을 때부터는 철저하게 소변통파가 되었다.

그러나 소변통에 익숙하지 않은 사람이 도와주면 손발이 맞지 않아 바지도 속옷도 더러워지는 일이 적지 않았다.

그러니까 이번에도 화장실 가는 게 걱정인 것 같았다. 그렇다고 해도, 그런 걸 신경 쓰면 앞으로 캠핑은커녕 어디에도 갈 수 없다. 오히려 모르는 사람과도 소변통으로 용변을 볼 수 있는 기회가 되지 않을까?

"료상, 소변통 사용하는 거 잘 못할까 봐 그러는 거야?"

"네."

"그렇구나. 있잖아, 이렇게 생각해보면 어때? 소변은 원래 실패하는 법이다, 라고."

"뭐?"

"아니, '실패하기 싫은데 실패하면 어떡하지'라고 생각해서 걱정인 거잖아? 그렇지만 익숙한 나도 잘 도와주지 못할 때도 있고, 료상도 실수로 소변통을 놓쳐버려서 소변이 쏟아진 적도 있었잖아. 그러니까 '소변은 원래 실패하는 법'인 거지."

"하ー."

"자, 그러면 혹시 실패해서 옷이 더러워지면 어떻게 해야 할 것 같아?"

"옷을 갈아입어."

"그래! 옷을 갈아입으면 돼. 닦고 옷 갈아입으면 그만인 거야. 그럼 문제없지?"

"······그렇구나."

좋아, 이런 식으로 불안 요소를 하나씩 없애가자.

"다음으로 걱정되는 건 뭘까?"

"못 자는 거."

"그렇군. 그것도 잘 될 거라고 생각하는 게 오히려 이상한 거 아니야? 그리고 하루 정도 못 자더라도 다음날 푹 자면 되잖아."

"······응."

"또 불안한 건 뭐가 있을까?"

"안는 법."

"아, 그건 진짜 걱정 없잖아. 왜냐하면 토쿠 씨는 작업치료사니까. 그 방면으로는 프로잖아. 안심해."

"알겠어."

"또?"

"……없어."

없어, 라고 말하지만 '있어' 같은 얼굴이다. 뭔지 모르겠지만 막연하게 남아 있는 불안. 그것은 아직 일어나지 않았기 때문에 뭔지 알 수 없지만, 어쩔 수 없이 차오르는 불안이다.

"료카, 이번 캠핑은 해도 되고 안 해도 돼. 결정하는 건 료카 너야. 그걸 전제로 말할게. 이번 도전은 즐거울 수도 있고, 즐겁지 않을 수도 있어. 도전해서 좋았다고 생각할 수도 있고, 도전하지 말걸 하며 후회할지도 몰라. 그런데 그건 해보지 않고서는 모르는 일이야. 한 가지 말할 수 있는 건, 도전해서 쓸데없는 것은 없다는 거야. 즐거웠다면? 그걸로 좋아. 하지만 만약 그렇지 않았다고 하더라도, 거기에서 나는 무엇을 배웠는지 생각해보면 좋지 않을까? 전부 생각하기 나름이야."

옛날의 나는, 실패했을 때 잘하지 못한 자신을 탓했다. 나를 도와주지 않는 누군가를 원망했다. 두 번 다신 안 할 거야. 그렇게 내 세계를 점점 더 좁혀갔다.

하이힐을 신고 휠체어를 밀다

하지만 어떤 것이든 내가 마음먹기에 달렸다는 것을, 료카에게 말하고 싶었다. 그 생각을 받아들일지는 료카에게 달렸다. 내가 밀어줄 수 있는 것은 여기까지다.

"해볼게."

그는 말했다. 그 눈에 조금 전까지만 해도 남아 있던 망설임은 온 데 간 데 없었다.

"맞아. 료카라면 할 수 있어."

료상에게 말하면서, 사실은 나 자신에게도 말하고 있다는 것을 나는 이미 알고 있었다.

그리고 당일, 오후 4시가 조금 지나서 도치기현에서 오사카까지 와준 토쿠 씨와 캠프장에서 합류했다. 료상 바턴 터치.

"뭐든 곤란한 일이 생기면 언제든 전화주세요."

토쿠 씨에게, 그리고 료상에게 손을 흔들며 그곳을 뒤로 했다. 도중에 몇 번이나 뒤를 돌아보고 손을 흔들었다. 괜찮아, 괜찮아. 그렇게 마음속으로 응원을 보내면서 몇 번이나 몇 번이나 뒤를 돌아보고 두 사람이 완전히 보이지 않을 때까지 손을 흔들었다.

집에 돌아와, 시계를 보자 저녁 6시를 가리키고 있었다. 지금쯤 저녁을 만들고 있을까. 밤 9시. 슬슬 잘 준비를 하고 있을까. 밤 10

시. 잠들지 못하고 버둥거리는 료상을 토쿠 씨는 곤란해 하고 있을까. 새벽 2시. 새벽 4시. 핸드폰은 조용했다.

커튼을 열고, 남편과 츠카사가 곤히 잠든 방을 지나 베란다로 나갔다. 조금은 서늘한 공기. 아침 해가 떠오르고 있었다. 그는 돌아오지 않았다. 그는 포기하지 않았다. 인생에서 큰 한 걸음을 내딛은 것을 그는 알고 있을까.

"해냈구나, 료카."

나는 그렇게 중얼거리면서, 마음속으로 큰 박수를 보냈다.

'팬케이크 뒤집개를 챙긴다는 걸 깜빡했어요. 괜찮으시면 가지고 와 주시지 않겠습니까?'

토쿠 씨에게서 메시지를 받고, 예정보다 이른 아침 7시 조금 넘어, 츠카사와 뒤집개를 들고 집을 뛰쳐나갔다. 그는 어떤 얼굴을 하고 있을까. 이 하룻밤의 모험을 어떤 얼굴로 이야기할까. 캠프장까지의 30분이 굉장히 길게 느껴졌다.

차를 멈추고, 뒤집개를 들고 두 사람에게 달려갔다.

"좋은 아침이에요."

"아, 좋은 아침입니다!"

뒤를 돌아본 토쿠 씨는, 조금 미안한 듯한 얼굴로, 찌그러진 팬케이크가 놓인 종이접시를 손에 들고 있었다.

료상은, 이쪽도 또 뭐라고 말할 수 없는 얼굴이었다.

"좋은 아침. 료카, 잘 잤어?"

"잘 못, 잤어."

"그랬어?"

료상의 뺨을 쓰다듬으며 말했다.

"토쿠 씨, 어젯밤 힘들지 않으셨어요?"

뒤집개를 건네며, 토쿠 씨에게 물었다.

"뭐, 아무래도 몸이 자꾸 흔들리니까요. 료카도 좀 더웠지?"

근육 경련으로 몸이 자꾸 흔들리기 때문에 잘, 못, 잘 거라는
걸 알고는 있었지만, 그랬구나. 9월은 아직 덥다는 것을 그때서야
깨달았다. 어젯밤에도 에어컨을 틀고 잤으면서.

"료카, 더웠어?"

"더웠어."

그때의 료상은 근육 경련으로 몸이 자꾸 흔들려서 억제하기 위
해서 항상 누군가를 끌어안고 자야 했다. 그리고 어젯밤도 그렇게,
어둡고, 좁은 텐트 안에서 신장 180센티미터에 가까운, 쇼난노카제
를 엄청 좋아하는 토쿠 씨와 밤새 끌어안고 자는 모습을 상상했다.
무심코 료상을 바라보는 나에게, 료상은 이렇게 말했다.

"지옥이었어."

토쿠 씨를 신오사카역까지 배웅해드리고 돌아오는 길,

"그래서, 이번 경험을 해보니 전국일주는 어떨 것 같아?"

백미러 너머로 묻는 나에게, 료상은 창문 밖을 바라보며, 힘없이 중얼거렸다.

"그만 둘래."

그렇게 한마디.

"료상. 너 대단하다. 불안했을 텐데 잘 이겨냈구나. 틀림없이 이제부터는 어제까지의 료상이 아닐 거야."

재미없었어, 안 할걸 그랬어. 그렇게 끝낼 수도 있었다. 그래도 머릿속으로 그려왔던 것이 아니었다 해도 다른 각도에서 보면 굉장한 경험이었다는 이야기를 해주고 싶었다.

"우선은, 하고 싶은 것은 전국일주가 아니구나, 라고 알게 된 것도 중요해. 내가 무엇이 가능한지도 중요하지만 무엇이 가능하지 않은가, 무엇이 하고 싶지 않은가를 알게 된 것도 중요한 거야. 그럼 무엇일까라고 생각해 볼 수 있잖아. 그것을 모른다면 언제까지 계속해서 망설이고만 있었을지도 몰라. 이것은 아니라고 스스로 행동해서 깨달은 료상은 굉장해. 대단해."

"네."

"역시 료상이네~."

하이힐을 신고 휠체어를 밀다

"오빠, 멋정~~!"

츠카사에게도 칭찬 받은 료상은 헤헤헤, 웃으며 우쭐해진 얼굴을 했다. 기분이 나아진 것 같았다.

"토쿠 씨에게 답례라도 하자. 무엇이 좋을까?"

"음, 과자!"

츠카사가 먼저 말했다.

"그러게. 오사카 명물 같은 것이 좋겠네."

"타코야키!"

료상이 말했다.

"오코노미야키!"

"리쿠로 오지상 치즈케이크!"

"어, '리쿠로 오지상 치즈케이크'가 오사카에만 있는 거야?"

"응응, 최고지. 아, 그래도 역시 '551 호라이'가 좋을까?"

"고기만두 최고!"

"슈마이 최고!"

어쩌다 완전히 중화요리가 먹고 싶어진 세 명은 점심을 사러 '교자노오쇼'로 갔다. 토쿠 씨에게는 나중에 제일 인기 있는 '551 호라이' 세트 대자를 가족 만장일치의 의견으로 보내드렸다.

21

너, 글러먹었구나

정신을 차려보니 료카는 고등학교 2학년이 되어 있었다.

1학년 때보다 료상에게 호의를 보이는 친구들도 많아지고, 학교는 날마다 그럭저럭 즐겁다고 한다. 엄마로서야 무엇보다 좋지만, 또 한 번 더 그는 성장이라는 이름의 큰 벽에 직면한 듯했다.

초등학교 때 신세를 진 오카무로 선생님과 료상은 30살 차이가 나는 친구로, 졸업 후에도 계속해서 만나고 있었다. 어제는 그런 오카무로 선생님과 둘이서 신사이바시에 나갔다. 장소는 료상의 요청으로 '쿠시카츠 다루마'(오사카의 유명한 꼬치튀김 가게-역자주). 그러나 도중에, 아테토제^{Athetose}(본인의 의사와는 관계없이 팔다리가 움직이는 것. 꼼지락 운동)로 인해 발이 엘리베이터에 부딪혀, 눈물. 소변도 살짝 흘려 눈물.

평소라면 헤헤 웃고 끝냈을 것을 료상은 심사가 불편해지기 시작했다.

나는 다른 사람과 다르다.

왜 나는 휠체어를 타야 하는 걸까.

왜 나는 소변통을 써야 하나.

왜 나는 말을 제대로 할 수 없는가.

왜 나는 걸을 수 없는 걸까.

왜 나는 장애인인가.

학교로 향하는 차 안, 평소라면 'ONE OK ROCK'의 노래를 크게 틀어놓고 기운을 받으며 힘차게 달렸겠지만, 오늘은 이야기를 좀 하기로 했다. 나는 얘기해주고 싶었다. 그래서 강하게 나갔다.

"너, 글러먹었구나."

"??"

"요즘 다른 사람과 나는 왜 다른지, 왜 나는 장애아인가, 라고 생각하고 있어?"

"네."

"그렇구나……. 그런데 누군가와 같은 인간이란 아무도 없어."

"……"

"엄마는 계속 스스로에게 자신감이 없었어. 왜냐면 평생 뭐 하나라도 스스로 정한 적이 없었으니까. 다 부모님이 기뻐할 것만 위해 살아야 했으니까. 그래서 엄마의 속은 텅 비어 있었어. 하지만 이제야 내가 하고 싶은 것을 발견했어. 지금까지 겪어온 싫었던 것도, 좋았던 것도 결국 전부 다 엄마잖아? 그런 엄마였기 때문에 하고 싶은 것을 겨우 알아낼 수 있었어.

료상도 마찬가지야. 휠체어에 타야 하고, 장애가 있는 그런 것도 모두 료상이야. 싫어도 그게 료상이야. 하지만 료상만이 할 수 있는 게 있어. 료상만이 할 수 있는 이야기가 있어. 다른 사람은 못하는, 료상이기 때문에 할 수 있는 게 있는 거야. 휠체어니, 장애니 하는 건 중요한 게 아니야.

료상만이 할 수 있는 것을 발견해. 초조해 할 필요 없어. 반드시 뭔가 있을 거야. 료상은 아직 그 여행의 도중에 있는 거야. 그러니까, 그렇게 생각하면 너는……, 글러먹었다고."

"……알았어."

다른 사람과 비교하다 한없이 가라앉을 때가 누구에게나 있다. 그전까지는 괜찮다가도 갑자기 신경 쓰이는 일이 있다. 가정이나 생활환경, 외모, 능력, 학력, 사고방식, 친구, 인맥, 인지도, 좋아요 숫자. 남들과 비교하려면 끝이 없다. 그렇지만, 남들과 비교하면 행복할 수 없다. 왜냐하면, 비교해야 할 상대는 타인이 아니라 나 자신인 거니까.

어제의 자신과 비교해서, 작년의 자신과 비교해서, 지금의 나는 어떤가. 조금이라도 성장했다면 그것이 훌륭한 것 아닐까. 다른 사람과 나는 다르다. 나다움은 내 안에 있다. 누군가와 비교해서 자존감이 낮아지고 비관이나 하고 있다니, 시간이 아깝다.

하이힐을 신고 휠체어를 밀다

22

하늘을 날다

승마, 캠핑 등 처음에는 이걸 어떻게 할 수 있을까, 라고 생각했던 일들이, 도와준 사람들 덕분에, '해보니까 된다'는 경험으로 쌓여가고 있었다. 그리고 고등학교 2학년. 료상은 "올해는, 하늘로 할게."라고 말했다.

"날아오릅시다, 기다리겠습니다."
문의를 하고 4개월이 흘렀다. 바람이 많이 불었던 그날, 료상은 하늘을 날았다.

맑은 가을 하늘은 끝없이 높았고, 철새 떼가 한쪽 방향으로 날고 있었다. 조금 열어둔 창문으로부터 기분 좋은 바람이 머리를 흐트러뜨리고 지나갔다. 여유로운 일요일, 왼쪽 차창으로 내려앉는 빛이 부드러웠다. 집에서 차를 몰아 남쪽으로 향했다. 와카야마현, 키노카와시. 'UP 패러글라이딩 스쿨'이 오늘의 무대다.

산기슭에서 차에서 내리자 하늘에는 형형색색의 패러글라이더
가 날고 있는 모습이 보였다. 날아오르는 지점인 산꼭대기는 조금
멀게 느껴졌다.

료카와 남편. "높은 곳은 싫은데"라고 계속 투덜거리더니 막상
도착해서는 마음이 변한 츠카사. 그리고 휠체어를 만들어주신 인
연으로 달려와 주신 PAS씨가 현장 스태프와 함께 산꼭대기까지 올
라가는 모습을 눈에서 멀어질 때까지 배웅했다.

나는 기슭의 착지점에서 기다리기로 했다. 료상이 패러글라이더
를 타고 하늘에서 내려오면, 슬라이딩 캐치하는, 그것이 내가 그리
는 모습이다. 환하게 웃으며 내려올 료상의 얼굴을 떠올리면 저절
로 입이 귀에 걸린다. 나도 어쩔 수 없이 아들바보인 것 같다.

20분 후, 페이스 타임으로 중계가 시작됐다.
"오빠, 지금부터 뛴다!!"
핸드폰 가득 찍히고 있는 료상은 만면에 웃음이다.
"엄마! 난다! 오빠가 난다!"
료상과 나란히 달리는 그녀의 목소리는, 화면에 비치는 풍경을
배경으로 울려 퍼졌다. 그리고 다음 순간, 화면에 비친 것은, 하늘
로 날아오른 그였다. 화면 속에서 푸르른 하늘 속으로 그가 점점
멀어지며 작아졌다. 스피커에서는 큰 박수소리가 들려왔다.

세찬 바람에 머리카락이 날리며, 하늘을 올려다보았다. 까마득한 하늘 위로 날고 있는 료상이 보였다. 바람을 타고 잔뜩 부푼 채 둥실둥실 공중에서 호(弧)를 그리며 바람을 가르고 날아다니다 천천히 내려오는 그의 패러글라이더. 그때…… 그는 분명, 바람이 되어 있었다.

다행이야. 또 하나 새로운 것에 도전했구나. 그렇게 생각하면서, 조용히 하늘을 바라보고 있었다.

점점 뚜렷해지는 료상의 모습.

"좋-아-! 내가 나설 차례구나!"

라고 기합을 넣으며, 달려가려는 내 눈에 뜻밖의 광경이 포착되었다. 어? 뭔가, 많은 사람들이 달려온다……?

'혹시, 료상의 캐치를 기다리는 건가?'

나 혼자, 슬라이딩 캐치를 한다는 상상은, 밀려오는 인파 속에서 사라졌다.

당황해서 나는 급히 뛰기 시작했다. 료상의 이름을 불렀다. 몇 번이나 불렀다. 손을 뻗었다. 큰 바람의 중심을 향해, 힘껏. 많은 사람들의 파도에 휩쓸리면서, 하늘에서 내려오는 료상의 신발 끝을, 한껏 뻗은 손가락 끝으로 붙잡았다.

축하해!

잘했네!

대단해!

지상에 내려온 료상을, 오늘 처음 만나는 게 틀림없는 사람들이 둘러쌌다. 다들 웃으면서, 손이 아프도록 박수를 쳤다. 잘했다고, 훌륭했다고.

아, 그렇구나……. 료상은 이제, 내 손에서 떠나가고 있구나. 료상에게는 이제, 엄마가 아닌 사람들도 손을 내밀고 있구나. 내가 필사적으로 붙들지 않아도, 이렇게 많은 사람들이 료상의 주변에 모여드는구나.

무리의 중심에서, 수많은 웃는 얼굴에 둘러싸여 '해냈다!! 우히히히'라고, 미소 짓는 료상의 모습이, 조금 묽어진다. '내가 어떻게든 해야지', '내가 료상을 지켜내야지'는, 슬슬 은퇴……를 앞두고 있는 건가.

눈부시게 맑은 가을 하늘. 크게 날갯짓하는 철새는 힘차고 당당했다.

하이힐을 신고 휠체어를 밀다

23

누구한테 사과하는 거야?

고등학교 2학년 1학기가 끝났을 때, 학교에서 삼자면담이 있었다.

- 내년 3학년의 수업 선택.
- 고등학교 졸업 후의 진로

두 가지에 대해 이야기하기 위해서였다. 장마가 끝나고, 따갑게 내리쬐는 햇볕을 맞으며 교실로 향했다.

졸업 후의 진로에 대해서, 료상과 몇 번이나 얘기해 봤지만, 현재로서는,

- 작업장에 취직은 안 한다.
- 사회와 연결될 수 있는, 사회의 일원으로서 무언가를 하는 '무언가'

그런 막연한 비전밖에 없었다. 그러다 교토대학에 장애인 특별 전형 입시 같은 것이 있다는 것을 알게 되어, 그곳에 도전하자, 라고 생각하고 있었다.

그러나 사회복지사 K선생님과 담임선생님과 책상을 마주하고 앉은 자리에서, 료카는 오열을 터트렸다. 대학 얘기가 나왔을 때, K 선생님이 꺼낸 화두 때문이었다.

"우선 학력적인 문제가 하나 있고. 게다가 하타케야마 군, 친구가 인사하거나 말을 걸어도 무시하잖아. 그런 태도로 대학 입시를 통과할 수 있을 거라고 생각하는 거야? 자신의 감정을 전해야 하는데, 지금같이 행동한다면 어렵지 않을까."

최근 현저히 말수가 줄어, 재활선생님으로부터도 커뮤니케이션에 대한 지적을 여러 번 받았었다.

'자기가 먼저 말하려고 하지 않는다. 기분이 내키지 않으면 말을 들으려 하지도 않는다. 대답을 안 한다. 말을 걸어도 무시한다.'

그렇구나. 사춘기라는 녀석인가. 그런 반항도 성장인가, 라고 엄마 입장에서는 충분히 이해하고 있었다. 그런데, 아니었다.

"방과 후 데리러 와주시는 날에는 차가 있는 곳까지 친구에게 데려다 달라고 하고 싶어."

라고 본인이 말했기 때문에, 데리러 가주시고 계신 스태프분에게 교실까지는 데리러 가지 말고, 차에서 기다려달라고 말씀드려놨

하이힐을 신고 휠체어를 밀다

었다. 그럼에도 불구하고, 친구에게 말을 걸지 않는단다. 인사를 먼저 해도 무시. 말을 걸어도 무시. 다시 한 번 그의 현 상태를 알게 되자……, 부글부글부글부글…….

픽-!

"너, 어쩔 심산이야. 너 이 학교에 뭐 하러 왔어. 공부는 아니잖아. 그럼 뭐 하러 왔어. 친구를 사귀기 위해 온 거 아니었어? 뭐야, 이게. 말을 해도 전해지지가 않아? 아무도 알아주지를 않아? 헛소리 하지 마. 너는 혼자 그렇게 삐져가지고 멋대로 장애인 행세를 하고 있는 거잖아! 행복은, 내가 먼저 다가가 붙잡는 거야! 기다리기만 하는 걸로는 아무것도 변하지 않아! 혼자서 벽을 쌓고 그 안에서 괴로워하고, 나 같은 건 하고 비관하고……. 평생 그래 봐.

너, 특수학교는 왜 그만뒀어? 친구를 원한다고 해서 그만뒀지. 지금 이대로라면, 집에서 TV나 보고 있는 거랑 뭐가 달라? 매일 아침 도시락 싸서 고속도로 타고, 할아버지 할머니한테 도움 받아서 학교 오고 있으면서. 이제 학교 따위는 그만둬! 나는 혼자야, 라고 말하면서 정말로 혼자가 되어버리면 되겠네!"

"죄송해요!"
무섭도록 쩌렁쩌렁한 호통소리와 훌쩍이는 울음소리가 방과 후의 교실에 울려 퍼졌다.

"그거, 누구한테 사과하고 있는 거야? 사과할 상대가 틀린 거 아니니? 사과는, 너 스스로한테 해. 너 자신을 믿지 못한 너 자신에게 사과해!!"

"네!! ……흑흑."

드라마 같은 모자의 갈등에, 선생님들은 곤혹스러운 표정으로 침묵하고 있었다.
"엄마, 그만큼 했으면 되었지 않아?"
옆에 있던 초등학교 1학년의 츠카사가, 작은 손을 내 어깨에 툭 얹었다.

10월에는 수학여행이 있다. 그때까지 료상의 과제는, 매일 본인이 먼저 누군가에게 다가가 이야기를 거는 것. 그러지 못한다면 학교를 그만두기로 했다.
벽이야 있겠지. 그런데 그 벽은 자기 스스로 쌓아 올린 것이다. 스스로 쌓아 올린 것이라면, 분명 스스로 무너뜨릴 수 있을 것이다.

차에 타고 시동을 걸자, 료상이 좋아하는 노래가 흘러나오고 있었다.
료상에게 응원을 보내기 위해, 나는 볼륨을 조금 높였다.

하이힐을 신고 휠체어를 밀다

24

그래서 너는 뭘 할 수 있는데?

고등학생 시절의 가장 큰 이벤트. 수학여행이 다가왔다. 료상도 2박3일의 오키나와 수학여행을 떠났다. 그런데 출발 전에 같이 찍은 사진을 보면 무뚝뚝한 료상과 활짝 웃고 있는 나의 표정이 천지 차이다.

료상은 가고 싶지 않았던 것이다. 수학여행 4일 전부터, 료상의 텐션은 급격히 하락하기 시작했다. 휠체어에서도 미끄러져 내릴 것처럼 축 늘어졌다. 표정도 어둡기 짝이 없었다. '처음'이 어려운 료카. 그의 머릿속은 수학여행에 대한 두근거림은커녕 불안감으로 가득 찼다.

"너, 아직도 쫄아 있니?"
"……."

"좋아, 네 불안감을 들어주지. 두구두구두구둥……! 1위는?"

"……선생님."

"선생님? 왜? 누가 싫어?"

"아니야."

"그럼, 왜? 아, 알겠다! 잘 챙겨주지 못하실 것 같아서?"

"……네."

"아, 그건 말이야. 힘들 거야. 챙겨주셨으면 하고 생각하면 안 될 거야."

"……?"

"있잖아. 고등학교 선생님은 특수학교 선생님이 아니잖아. 그런데 너가 원하는 대로 챙겨주시길 기대할 수는 없어. 있잖아, 하나 물어보겠는데, 너는 어떡할 거야? 혹시 너는 아무것도 안 할 생각이니? 너는 기다리기만 할 거야? 저 사람이 나빠, 저 사람은 몰라, 그렇게 남 탓을 할 때는 말이야, 대체로 자기는 아무것도 하지 않을 때야. 남한테 다 맡겨두고 그 사람 탓만 하는 거야. 너는? 너는 뭘 했어? 조금이라도 안기 쉽게 발을 구부린다든가, 힘이 들어가지 않도록 릴렉스하는 노력을 한다든가. 스스로 할 수 있는 건 뭔지 그때그때 생각해서, 노력해 봐. 그러면, 누군가의 탓을 하지 않고도 끝나. 기다리지만 말고, 스스로 할 수 있는 것을 생각해. 기다릴 때가 제일 괴로워."

"……."

"친구도 그래. 누구라도 그래. 아무것도 할 수 없지 않아. 료상도

하이힐을 신고 휠체어를 밀다

할 수 있는 것이 있어. 모든 건 료상 마음먹기에 달렸어. 캠프도 다녀왔잖아! 괜찮아. 웃으면서 다녀와."

우울해 보이는 얼굴로 한숨을 푹 내쉬는 료상의 머리를 쓱쓱 쓰다듬었다.

수학여행 당일, 이른 아침 터미널에는 이미 선생님들과 몇몇 학생들이 나와 있었다. 료상의 여드름이 난 뺨을 한 손으로 덥석 잡았다.

"자, 다녀와! 그저 다녀오기만 해."

대답도 기다리지 않고, 휠체어의 손잡이를 반 친구에게 획 맡겼다.

그리고 2일 뒤 밤, 한층 밝게 비치는 커다랗고 새하얀 공항의 현관문을 통해, 료상은 돌아왔다. 휠체어 너머로 반 친구와 대화하는 료카가 보였다. 그 표정만 봐도, 3일간 료상이 어떻게 지내왔는지 알 것 같았다.

나는 당장 뛰쳐나가고 싶은 다리를 억누르고, 천천히 료상을 향해 걸어갔다.

"어서 와."

나와 눈이 마주친 료상은

"다, 녀, 왔, 습, 니, 다."

그렇게 한 글자씩 쥐어 짜낸 뒤, 피식 하고 웃었다. 료상의 뒤에 걸린 큰 가방의 옆에는, 가방에 다 못 들어간 선물이 담긴 비닐봉지가 여러 개 걸려 있었다.

집합 장소와 같은 터미널. 다른 것은, 아침이 밤이 되었다는 것과, 가방의 크기. 그리고 료상의 웃는 얼굴. 돌아가면 이틀 전 아침의 사진을 보고, 그리고 뭐부터 이야기할까.

그래. 일단 우유를 듬뿍 넣은 커피 두 잔을 타고 초콜릿은 하나만 넣자. 그리고 이번에는 료상의 이야기를 지치도록 들어보자.

하이힐을 신고 휠체어를 밀다

25

나 혼자 여행하고 싶어

자기 스스로를 좋아하게 되면 좋겠다. 그것을 위해 료카와 한 약속. '하고 싶은 것을 함께 찾아보자!'의 여정은 8년차를 맞이하고 있었다. 고등학교 3학년의 5월, 그는 마침내 정말로 '여행'을 하고 싶다고 말했다.

"료상, 너 고3이야. 얼마 전에 입학한 것 같은데, 벌써 졸업이야. 시간이 너무 빠르다."

"빠르네."

"그렇지. 그런데 생각해보니 말이야. 승마했을 때부터 매년 뭔가 도전해왔잖아? 올해도 뭔가 생각해 둔 거 있어?"

"음……."

"고등학교 마지막 해네. 엄청 큰 도전도 해볼 만한데, 해보고 싶은 거, 아직 못 찾았어?"

"있어."

"어?! 해보고 싶은 거, 찾았어?!"

"네."

"뭔데?!"

나는 완전 흥분해서 백미러에 비치는 료카를 보기 위해, 노란색
에서 빨갛게 변하는 눈앞의 신호에도 불구하고 휙 뒤를 돌아보았다.

신호가 바뀌어서 일단 섰다. 그리고 서둘러 백미러에 비친 료상
을 보았다.

"입으로, (걷는다)."

입, 은 소리로 알아들었고, '걷는다'는 입 모양으로 읽어냈다.

"입으로 걷는다?"

순간 이해가 안 돼서 료상에게 되물었다.

"입으로 걷는다."

언젠가 들어본 듯하다. 신호가 파란색으로 바뀌어, 우회전 차선
으로 들어가며 기억을 더듬어보았다.

"잠깐, 그거 뭐였더라?"

"초등학교."

초등학교? 초등학교…….

"아!!!!!! 책!!!"

료카가 초등학교 때, 담임선생님이었던 오카무로 선생님이,

"이 책 재미있어요. 료카랑 꼭 읽어보세요."

그렇게 말하면서 건네주신 것이, '오카 슈조'의 저서 《나는 입으로 걷는다》였다. 이야기는 분명히, 계속 누워 있는 주인공 '다치바나'가 특제 바퀴가 달린 침대에서, 행인에게 말을 걸어, 우연히 만난 사람의 손을 빌려 산책에 나선다는 스토리였다. 그 책을 읽었을 때의 설렘은 지금도 선명히 기억하고 있다.

"료상, 다치바나 씨 진짜 대단하지! 그런 게 가능하다면 인생이 엄청나게 즐겁겠지!!"

"네! 재미있어 보여요!"

"언젠가 료상도 그렇게 할 수 있다면 좋겠다."

그렇게 둘이서 들떠서 이야기했었다. 그래서?

"입으로 걷는다, 멋있었지. 그런데 그게 무슨 뜻이야?"

"입으로, 걷는다, 해(보 까 다)."

입으로 걷는다, 해보까다?

'보, 까, 다'라고 읽힌 입 모양을, 머릿속에서 말이 되는 문장으로 맞춰간다. 입으로 걷는다, 해볼꺼다? 입으로 걷는다를 해보겠다는 건가!

"입으로 걷는다를 할 거라는 거야?"

백미러에 비치는 료카에게 말을 걸었다.

"네. 할래요."

료카는 활짝 웃음 지으며 말했다.

료카와 다양한 것을 해왔지만, 료카의 도전을 뒤에서 밀어줄 수 있었던 이유 중 하나로, '무지의 힘'이 있었다고 나는 생각했다.

여러분의 경우에, '잘 모르고, 어떤 건지 몰라서' 도전했던 경험은 없었을까? 료카는 높은 곳에서 날아본 적이 없었기 때문에 패러글라이딩에 도전할 수 있었다고 말했었다(끝난 뒤에, 높은 곳이란 무서운 거구나. 그래도 한 번 더 날아보고 싶다. 재미있었어, 라고 말했었다).

알고 있어서 할 수 있는 것과, 알기 때문에 주저하는 것이 있다. 료카의 경우는 장애에 의한 경험 부족으로 기본적인 것도 잘 모르고 할 수 없는 것이 굉장히 많다.

그러나, 모른다고 하는 '무지의 힘'이 있었기 때문에, 지금까지 도전할 수 있었고, 그것들이 료카의 자신감으로 채워진 것도 사실이다. '무식하면 용감하다'고 하듯이 무지한 것도 행동에 있어서 소중한 에너지가 되는 것이다.

하지만, 이번의 도전은 스케일이 다르다. '입으로 걷는다', 요약하자면 도와주는 사람 하나 없이, 그저 혼자서 휠체어 히치하이킹을 하겠다는 건데……. 어설픈 마음가짐으로 도전해서 도중에 내던져지는 일이 생기면, 본인도, 관여했던 사람도, 모두가 큰일이다. 어떤 일이 있어도 해낼 것이라는 본인의 강한 의지가 없으면 나도 응원할 수가 없다.

그래서 나는, 료상이 어디까지 진심인지 확인하기로 했다.
"있잖아, 당연하지만 나는 못 따라가는데, 괜찮아?"
"괜찮아."
"혹시, 역 앞에서 몇 시간 동안 아무도 말 안 걸어줄 수도 있는데, 괜찮아?"
"괜찮아."
"그럼 혹시, 며칠 동안 못 돌아올 수도 있는데, 괜찮아?"
"괜찮아."
"그럼 혹시, 지갑을 통째로 누가 훔쳐갈 수도 있는데, 괜찮아?"
"괜찮아."
"그럼 혹시, 경찰한테 체포될 수도 있는데, 괜찮아?"
"괜찮아."
"그럼 혹시, 이상한 사람도 있고, 발가벗겨져서 길에 내던져질 수도 있는데, 괜찮아?"
"뭐…… 괜찮아."
"괜찮구나! 알겠어. 그럼 마지막으로 물어보는 건데, 너, 화장실은 어떻게 할래?"
자, 이래도? 라는 마음으로 나는 마지막 질문을 던졌다. 왜냐하면 화장실 문제는 료카의 역사를 말하는 데 있어서, 가장 중요한 과제였기 때문이다.

"나갈 때만 기저귀 입어. 운동선수도 기저귀 차고 경기한다던데?"

이때까지 수도 없이 설득해왔지만

"싫어. 기저귀 찰 바엔 어디에도 안 갈래."

라고 거부했었다. 그런데, 이번에는 어떤가. 생면부지의 사람에게 소변통을 처리해 달라고 해야 한다면……. 난이도가 너무 높지 않은가. 자 료카, 어떻게 할 것인가.

그러자 료카는 말했다.

"기저귀, 찰까?"

심드렁한 말투가 신경이 안 쓰인 건 아니었지만, 나는 이 한마디로 그의 진심을 받아들이게 되었다.

"알겠어. 응원할게"

그날 밤. 기념할 만한 나 홀로 여행을 어디로 가고 싶으냐고 물어보았다.

"어디든 좋아."

아무래도 목적은 혼자 하는 여행이고, 어디로 가는지는 중요하지 않은 듯하다.

"음. 일단. 사람이 많은 곳이 아니면, 사람을 못 만나겠지."

'① 사람이 많은 곳'이라고 적었다.

"오사카 밖으로 나가고 싶어?"

"나가고 싶어." 하길래,

'② 오사카 이외'라고 적었다. 그렇게 하나씩 하나씩 확인해가자 이렇게 되었다.

① 사람이 많은 곳

② 오사카 이외

③ 환승이 간단한 곳

④ 당일치기로 갈 수 있는 곳

⑤ 관광지

그렇게 해서 결론이 난 곳이 교토였다.

다음으로, 말도 잘 못하고, 혼자서 이동도 할 수 없는 료상이 나 홀로 여행을 '어떻게 하면 성공할 수 있을까'를 생각하기로 했다.

- 말을 걸 수 없다면, 종이에 가고 싶은 일정을 적어두자.
- 휠체어를 밀어 본 경험이 없는 사람도 많을 테니까, 휠체어 조작방법을 눈에 띄는 곳에 붙여두자.
- 브레이크는 중요하니까, 손과 발의 브레이크에 빨간 스티커를 붙여두자.
- 지갑을 넣어둔 곳도 알기 쉽게 써두자.
- 밤이 되어도 종이의 문자를 읽을 수 있도록, 어두워지면 자동으로 켜지는 손전등도 옆에 붙여두자.

할 수 있을지 없을지를 생각하면 '할 수 없다'가 정답일지 모르지만, 하고 싶은지 아닌지를 말하자면 '하고 싶다'이다.

할 수 없으니까 안 한다면, 너무 억울하다. 포기하지 않아도 되는 방법, 즉 '어떻게 하면 할 수 있을까'를 생각하고 싶었다.

둘만의 아이디어로는 부족할 것 같아서, 대학 시절, 혼자서 미국 횡단을 경험한 나 홀로 여행의 달인, 미즈구치 토미히로 씨에게도 조언을 구했다. 그리고

- 많은 사람에게 이번 도전을 알리기 위해서 인스타그램 계정을 개설해, 리얼 타임으로 여행을 생중계 → 여행을 서포트해 줄 응원단을 만들자!
- 외국인이 히치하이킹에 더 익숙할 수도 있으니까, 영어번역 문구도 써 두자!

라는 제안들도 받았다. 응원하는 사람이 갑자기 부쩍 늘어난 것 같았다. 이렇게 하드웨어와 소프트웨어 두 방면으로 가능한 준비를 다 마쳤다.

시기는 계절이 좋은 가을로 정했다. 료상의 천적, 모기에게 물릴 걱정도 없고, 동사할 걱정도 없다.

'이제 당일 날씨만 좋으면 되겠네.'

라고 생각하고 있는데, 뜻밖의 사태가 일어났다. 가족의 결사반

하이힐을 신고 휠체어를 밀다

대였다.

"오리에, 너 진심으로 말하는 거야?"

그것은 엄마로부터 온 한 통의 전화였다.

"하타케야마의 어머니로부터 들었는데, 료카에게 나 홀로 여행을 시킨다고. 그런 걸 시키다니……."

"료카가 가고 싶다고 말했어."

"가고 싶다고……, 하지만 너…… 여행지에서 무슨 일이라도 생기면 어떡할 거야. 료카는 혼자서는 아무것도 못해. 이상한 사람 많잖아. 다치기라도 해서 돌아오면 어쩔 거야. 지금 료카를 지켜줄 수 있는 건, 너뿐이야."

남편도 꺼림칙한 눈치다.

"진짜로 괜찮겠어? 진짜로 보낼 생각이야? 그만두는 편이 좋지 않을까."

'진짜로 괜찮을지는, 나도 잘 모르겠어.'

라고 말도 못하고, 그저 생각만 했다. 보내도 될까. 무슨 일이 생겼을 때, 나는 정말로 후회하지 않을까. 료카는 후회하지 않을까.

혹시나, 료카가 크게 다치기라도 해서 돌아온다면.

혹시나, 혹시나 살아서 돌아오지 못한다면…….

나는 그래도 '보내길 잘했다'고 말할 수 있을까. 그래도 료카에게 '가길 잘했다'고 말할 수 있을까. 잠자리에 들 때마다 생각했다.

'무슨 일이라도 생기면 어떡하지?'

나는 어렸을 때, 그렇게 여러 가지 일을 시작도 하지 못하고 포기해왔다.

"무슨 일이 있고 나서는 늦었어."

있을지 없을지도 모르는 게 두려워서 나는 항상 아무것도 하지 않겠다는 선택을 해왔다. 아무것도 하지 않아서, 아무것도 변하지 않는 대신, 나는 뭔가 소중한 걸 놓쳐온 듯한, 계속 그런 느낌이 들었다.

나는 결정했다.

나는, 료카의 마음을 지지해주고 싶다.

무슨 일이 생겨도 난 모르겠어. 그래도, 겨우 생겨난 '해보고 싶어'라고 하는 료카의 마음을 지지하는 거야.

그리고 남편과, 엄마, 어머님, 아버님에게 말했다.

"걱정해줘서 고마워요. 덕분에 많은 생각을 할 수 있었어요. 그래도 저는 료카의 마음을 응원해주고 싶어요. 그러니까, 지켜봐 주세요."

모두가 걱정하지 않아도 되도록, 여행을 지켜봐 주는 사람을 딸려 보내겠다고 약속했다. 그러나 조건이 있다.

하이힐을 신고 휠체어를 밀다

'멀리서 지켜볼 뿐, 생명의 위기가 닥쳤을 때 외에는 일절 도와주지도, 말을 걸지도 않는다.'

이렇게 해서 료카의 휠체어 히치하이킹을 결행하기로 했다.

당일 아침.

"와, 기대된다."

입에다 마구 아침밥을 쑤셔 넣으며 들떠 있는 료카를 곁눈질하며, 마음속으로 나는 긴장하고 있었다.

"료카, 너 긴장 안 돼?"

결국 참지 못하고 묻는 나에게,

"안 돼."라고, 료카가 힘 있게 말했다.

마음속으로는 한숨을 내쉬면서도,

"와, 여행하기엔 최고 좋은 날씨야! 내일도 맑을 것 같으니, 오늘 돌아오지 못한다고 해도 걱정 없겠네!"

료카의 가슴을 툭, 건드렸다.

나는 료카를 떠나보내는 데 있어서, 결심한 것이 있었다.

불안한 얼굴을 하지 않는 것.

당연히 마음속으로는, 걱정도 되고, 불안하다. 그러나 그것을 말이나 얼굴로 드러내버리면 료카까지 불안해질지 모른다.

"무슨 일이 있어도, 너라면 무조건 괜찮아!"

근거라고는 하나도 없지만, 료카라면 분명 괜찮다. 료카를 믿는다. 그리고 료카를 믿는 나를 믿는다. 이것이 내가 할 수 있는 유일한 응원이었다.

자세한 건 이야기가 너무 길어져서 생략하겠지만, 료카는 무사히, 살아서, 무려 그날 저녁에, 귀여운 여자애를 둘이나! 데리고 돌아왔다.

"어서 와!!"
"오빠, 어서 와!!"
츠카사, 그리고 할머니와 함께 역으로 그를 맞이하러 나갔다. 나는 무심코 개찰구를 빠져나오는 료카의 어깨를 퍽퍽 두드렸다. 료카는, 돌아왔다. 잘 다녀왔다. 그곳에 있던 우리는 웃고 있었고, 울고 있었고, 마지막에는 역시 웃고, 모두 크게 손을 흔들며 각자의 장소로 돌아갔다.

26

그와 나의 좌우명

다음날 일요일 아침.

"좋은 아침~."

료카는, 평소와 다름없이 일어나 여느 때처럼 자기 자리에 앉았다. 평소처럼 얼굴을 닦고, 아침으로 두꺼운 식빵 2장에 버터를 듬뿍 발라 가볍게 먹어치우고, 시원한 요구르트 음료를 꿀꺽꿀꺽 단숨에 마셨다. 양치질을 하고, 화장실에서 볼일을 보고, 옷을 갈아입었다. 학교에 갈 때는 머리를 세팅하지만, 오늘은 하지 않는다.

"료상, 어제 여행 말이야, 돌아보니까 어때?"

그는 스포츠 뉴스(맹렬한 한신 타이거즈 팬이다)를 보고 있던 시선을 나를 향해 돌리며,

"좋았어!"

라고, 웃는 얼굴로 답했다.

"뭐가 좋았어?"

"입으로 걷는다 할 수 있어서."

"그러게. 초등학교 때부터 그리던 꿈 하나가 이루어졌구나."

"네."

초등학교 4학년 때 '이런 게 가능하다면 인생이 바뀌겠구나!!'라고 둘이서 이야기하던 것이, 8년이 지난 후 실현되었다. 정말 실현될 것이라고는 꿈에도 생각하지 못했었는데. 인생이란 모르는 것이다. 입 밖으로 꺼내고 나면, 동경만으로 끝나는 것이 아니라, 동경이었던 것을 목표로 세우고 행동으로 실천했을 때, 인생은 굴러가기 시작하는 것 같다.

"료상, 이 여행에서 얻은 게 뭐야?"

료카는 잠시 생각한 후에, 이렇게 말했다.

"용기."

"용기……. 그건 어떤 용기야?"

그는 힘을 꽉 주며 한마디 이렇게 내뱉었다.

"할 수 있다!"

"할 수 있을지 없을지는 생각하지 마. 하고 싶은지 하기 싫은지만 생각해."

하고 싶은 것을 못 찾았어, 그렇게 말하던 당시 10살의 료카에게 내가 했던 말이다.

하이힐을 신고 휠체어를 밀다

"할 수 없는 건 생각할 필요 없어. '무엇을 하고 싶은가'가 중요해."

이것이 나와 료카의 과제였다.

"무엇을 하고 싶은지 생각해. 그리고 어떻게 하면 할 수 있을까를 생각해."

자신의 가능성을 포기하지 않았으면 좋겠다. 료카에게 향한 말은, 사실 항상 나 자신에게 향한 말이었다.

"혼자서 여행하고 싶어!"

그 한마디로 시작한 모험은, 오롯이 혼자서는 이루어지지 않았다.

이러면 민폐일까, 라는 생각이 나도 모르게 머리에 떠올랐다. 그렇지만, 민폐인지 아닌지는, 상대가 정하는 것이라는 생각도 들었다.

민폐를 끼치니까 그만두자고 하기보다, 실행하기로 결정하고 나서, 어떻게 하면 가능한 '민폐'를 끼치지 않을 수 있을까를 생각하는 것이 더 낫다.

스마트폰 속, 여러 사람들과 함께 있는 사진 속의 료카는 자신을 인생을 제대로 살아가려고 도전하는 모습이었다. 그리고 나는 생각했다.

'료상, 이것도 자립이야.'

'자립'이라는 건, '누구에게도 의지하지 않고, 혼자 살아갈 수 있는 것'이라고 계속 생각해왔다. 그러나, 여행의 자취들을 보면서 깨달았다. 그가 자신의 꿈을 생각하고, 그리고 한걸음 내디딘 것. 그 자체가 자립이 아니겠냐고.

신체의 자립, 경제의 자립, 마음의 자립. 자립에도 여러 가지가 있다.

이번의 경험은 료카에게 있어서 마음의 자립에 해당할 것 같다. 아무리 신체적·경제적으로 자립할 수 있어도, 마음(정신)의 자립이 이루어지지 않으면, 나이가 들어도 스스로 판단을 할 수 없고, 행동하는 것도, 다른 사람과 대등하게 이어질 수도 없을 것이다. 자기 자신을 믿지 못한다면 무엇보다도 본인이 괴로울 것이다.

'나도 뇌성마비다'라고 하신, 도쿄대학 구마가야 선생님의 말씀이 생각났다.

"자립은, 의존할 곳을 늘리는 것이다."

이 말을 처음 들었을 때는, 료카가 초등학생일 때였다. 처음에는

'응? 그게 무슨 뜻이야?'

라며 전혀 이해할 수 없었던 기억이 난다.

하지만 이제는 알 수 있다. 예를 들어 장애가 있는 아이들에게 의존할 곳이 부모밖에 없다면 부모가 죽은 뒤에는 과연 어떻게 살아갈 수 있을까.

그렇기 때문에야말로, '부모가 아니면 안 된다'는 환경을 최대한

빨리 내려놓고, 부모가 살아있든 죽었든 '누구나 어려울 때 힘이 되어주는 환경, 혹은 상태를 만들어 두는 것'이 가장 중요한 것이다. 또한 이것은 장애의 유무에 관계없이, 모든 사람들에게도 해당된다고 생각한다.

료카의 이번 나 홀로 여행도 여행지에서 만난 많은 분들의 도움을 받아 성공할 수 있었다. '자립'이란, 결코 혼자만의 힘으로 무언가를 할 수 있게 되는 것이 아니라, 많은 사람들과 함께 실현해 나가는 것이라는 걸 배우게 되었다.

'아이를 지킨다'는 것은 몸을 다치지 않게 하는 것도, '그쪽이 아니라 이쪽이 좋아'라고 길을 제시하는 것도 아니다.

'아이를 지킨다'는 것은, 아이의 마음을 지지하는 것이라고 나는 생각한다. 용기를 내거나, 도전을 하거나, 한걸음 앞으로 내딛으려 하는 그 마음을.

한 발 내딛은 결과, 넘어져 다치더라도 해내고 싶은 그 마음을. 그런 아이의 마음을 지지한다. 그것이 내가 해석하는 '아이를 지키는' 것이다.

부모란 결국, '믿고 기다리는 것'밖에 할 수 없는지도 모른다.

그렇다고 해도, 믿는다는 건 아주 어려운 일이다.

27

'다름'을 가치로 바꿔봐

고등학교 시절의 마지막 여름방학을 며칠 앞둔 어느 날, 우리에게 시련이 다가오고 있었다. 웅웅 울리는 에어컨 소리와, 창문 너머로 들려오는 매미 소리가 실내 공기를 어지럽히고 있었다.

료상은 어떤 사람으로부터 아주 어려운 질문을 받았다.

"료카, 너는 말도 제대로 못하는데, 도대체 뭘 할 수 있다는 말이냐?"

료상의 발음은 알아듣기 어렵다. 장애 때문에, 말하려고 하면 저절로 온몸에 힘이 들어간다. 땀이 날 만큼 힘들어 보인다. 누군가가 가볍게 말을 걸어도, 대답하기 위해 온 몸의 힘을 쥐어 짜낸다. 그 결과, 기껏 대화를 하려고 하다가도 상대방은 으레 미안한 듯 이렇게 말한다.

"미안, 무리해서 말 안 해도 돼."

그리고는 가버리는 것이다.

얘기하고 싶은데, 말이 잘 안 나와. 전하고 싶은데, 전달이 안 돼. 남들처럼은 전달이 안 돼. 다른 사람하고는 달라. 친구를 사귀고 싶은데, 더 얘기하고 싶은데, 바보 같은 소리라도 하면서 웃고 싶은데, 방과 후엔 다 같이 노래방에 가고 싶은데, 친구랑 밤늦게까지 놀다가, 집에 와서 혼나고 싶은데⋯⋯.

입학 전에 작성한 '친구들과 하고 싶은 일 리스트'는 하나도 실현되지 않았고, 3학년의 여름 막바지가 되도록 고스란히 남아 있었다.

그런 와중에도 료상은 '무엇이든 안 될 거라고 단정 짓지 않고, 우선은 해 본다'는 것만은 계속해왔다. 승마, 가족 없이 혼자 가는 캠프, 패러글라이딩, 수학여행, 휠체어 히치하이킹으로 교토까지 갔던 나 홀로 여행.

'그런 건, 못하지 않을까?'를 전부 무시하고, '해보고 싶은 일'을 이루어 왔다. 그래서 이날도,

"나만이 할 수 있는 것을 직업으로 삼고 싶다"라는 말이 자연스럽게 나온 것이다.

그렇지만, 이어지는 선생님의 말에는 아무 대답도 할 수 없었다.

"뭐, 무슨 말씀이신지는 압니다만. 그래도 료카, 너는 말도 제대

로 못하는데, 도대체 뭘 할 수 있단 말이냐."

돌아오는 차 안, 라디오 소리만 여느 때처럼 흘러나오고 있었다. 내 머릿속에는 '말도 제대로 못하는데'라던 선생님의 목소리가 계속 맴돌고 있었다. '뭔가'가 거기에 있는 것 같았다.

문득 올려다본 백미러 너머로, 료상과 눈이 마주쳤다.

"있잖아, 말할 수 없으면 다 안 되는 걸까?"

"어?" 하는 눈으로 나를 보는 료카.

"크흠!"

나는 목에 걸린 것을 헛기침으로 쫓아내고, 흐읍, 하고 숨을 길게 들이마시고 내쉬었다.

"말을 못한다고 해서 뭐든 다 안 될까? 마이너스일 뿐일까? 그것을 플러스로는, 어떻게 바꿀 수 없을까?"

료상에게 말하기보다, 내 머릿속에 떠오른 생각을 그대로 밖으로 내뱉고 있었다.

......

......

아!

나는 파란 신호를 피해, 급하게 갓길에 차를 멈춰 세우면서 비상등을 켰다. 깜빡깜빡, 깜빡깜빡, 깜빡깜빡…… 램프의 점멸음이 울리는 차 안. 생각해, 생각해. 말할 수 없으니까 할 수 있는 것, 말할 수 없으니까 할 수 있는 것, 말할 수 없으니까 할 수 있는 것…….

나는 장애아 봉사 일을 하다 보니, 현장 스태프의 속마음을 들을 때가 많았다. 거기서 인상에 남은 것이, 불안의 목소리였다. 의료·간호계의 학교에서 아무리 배워도, 장애 당사자와 직접 관련된 수업은 아주 드물다. 그래서 현장에 나왔을 때, 사실 어떻게 도와주는 게 좋은지 모르겠다고 다들 어려워했었다.

말을 할 수 있는 상대라면, 그나마 낫다. '아프지 않으세요', '어떻게 해드리면 좋을까요'라고 본인에게 직접 물어보면 되니까.

그러나 말할 수 없는 상대에게는 그렇게 할 수 없다. 물어봐도 대답은 돌아오지 않으니까, 스스로 생각해야만 한다. 속으로 어떻게 생각하고 있을까, 도와주고 있지만 더 불편한 건 아닐까…….

"여러 가지로 일일이 시험해 보면서 알아내야 해. 불안해하면서."

라고 말하던 스태프들의 난감해하던 표정이 떠올랐다. 그것을 료상이라면? 잘해낼 수 있을지도 모른다……. 그렇게 머릿속에 번뜩 떠오른 것이, 장애아 돌봄 봉사자 전용의 '체험형 연수'였다.

"료상!! 이건 어때!!"

몇 번이나 손바닥 안에서 착착 돌리며 오른쪽으로 왼쪽으로 위로 아래로 회전시키던 큐브의 6번째 면, 마지막이 맞춰지는, 탁! 하는 감촉과 소리가 들리는 듯했다.

뒷좌석 휠체어에 앉은 료상에게 몸을 홱 돌려, 방금 생각해낸 것을 나는 숨도 쉬지 않고 쏟아냈다.

"한번, 해보고 싶어."

그것이 료상의 대답이었다. 우리가 찾아본 바로는, 당시 그런 일은 없었다. 우리가 시작부터 일일이 더듬어가며 찾아야 한다. 본보기는 어디에도 없다. 게다가, 해보면 '이런 일은 싫어'라고 느낄지도 모른다. '장애가 있는 나'를 제공하는 직업이다.

내가 느끼는 일말의 불안감은 아랑곳하지 않고, 료상은 말을 이으며 밝게 말했다.

"해보고 나서 싫으면 그만둘 거야. 재미있으면 계속할 거야."

그렇지. 그러자. 일단은 해보고 결정해도 괜찮다.

그리고 고등학교 3학년 겨울, 찬성하고 동의해준 아동 지원시설 관계자분들과 장애아 돌봄 봉사자들을 모아서 '앉는다는 건 무슨 말이야?'라는 연수를 치료사와 함께 합동으로 개최하게 되었다. 약 3시간, 총 10명의 참가자가 그에게 질문하고, 몸으로 체험을 했다.

연수를 끝낸 료상은, 참가한 분에게 이런 말을 들었다.

"정말 훌륭한 연수였습니다. 료카 씨, 당신은 마치 살아있는 교과서 같아요. 중요한 것을 가르쳐주셔서 감사합니다."

처음으로 받은 급여 5,000엔을 손에 쥐고, 마치 5000만 엔을 얻은 듯한 미소로 료상은 나를 바라보았다.

이리하여 료상은, 스스로를 '살아있는 교과서'로 제공함으로써, 여러 가지 방면으로 실습을 할 수 있도록 해주는, 이키프로젝트('살아 있다'는 뜻의 '이키루'를 사용한 살아있는 교과서 프로젝트-역자주)를 시작하게 되었다. '다른 사람에게 도움이 된다는 기쁨'에서 끝나지 않고, '비즈니스'로 발전시켜, 지속 가능한 구조를 만들어 보고 싶었다. 그래서 '장애도 가능성의 하나'라는 메시지를 사회에 전달해나가자! 그렇게 약속했다.

제4장

다
름

28

움직이지 못하지만 사장,
말은 잘 못하지만 대학강사

고등학교 졸업 후, 료상의 19살 생일 다음날, 료상과 나는 법인을 설립했다. 법인 설립을 결정한 이유는, 활동의 사회적 신용도를 높이기 위한 것이었는데, 덕분에 료상은 어엿한 사장으로 취임하게 되었다.

법인명은 며칠 밤을 새워가며 생각한 끝에, 일반사단법인 〈HI FIVE〉(하이파이브)로 결정했다. '사람과 사람이 미소와 성취감으로 이어지는 모습' 하이터치를 상상한 것이다. '하이터치'가 아니라 '하이파이브'. 그 이름에는 언젠가 일본을 뛰어넘어, 세계로 활동을 넓혀가고자 하는 장대한 목표도 포함되어 있었다.

진짜 철자는 'HIGH FIVE'가 맞다. 하지만 법인명으로는 친근함을 담아서 'Hi!'를 넣었다. '파이브'는 손가락 숫자이다. 그런데 숫자 '5'는 '다양성·발전·열정'이라고 하는 의미도 있다고 한다. 긍정적이고 자유로운 선택지를 제안하고 싶은 우리에게는 딱 맞는 의미이다.

현재 료상은, 간호대학이나 의료계 전문학교의 외부강사 일을 하고 있다. 최근에는 일반기업으로부터 연수 의뢰도 들어와 일의 폭을 조금씩 넓혀가고 있다.

대학이나 전문학교의 수업에서는 '말을 잘 못하는 사람으로부터 어떻게 생각을 끄집어낼 것인가' 등, 료상이 구사할 수 있는 아주 적은 말과, 료상의 시선이나 입의 움직임에 의한 '말 이외의 말'을 통해서 학생과 직접 커뮤니케이션을 하면서 수업을 전개하고 있다.

'전하고 싶은 쪽'과 '알고 싶은' 쪽의 진검 승부. 당연하지만, 처음에는 전혀 뜻대로 되지 않았다. 서로 마주한 채 굳어져버려, 침묵이 계속되기도 했다. 그러나 세 번째 수업이 되자, 학생들이 그의 말을 자연스럽게 읽을 수 있게 되었다. 그리고 료상도 일을 통해 수동적이었던 회화에서, 먼저 말을 걸 수 있게 변해갔다. 료상은 일을 하게 되면서 태어나서 처음으로 자신의 말을 사용해, 다른 사람과 이어지는 기쁨을 알게 된 것이다.

게다가 그 뒤, 어떤 사람과의 관계성을 진전시키는 큰 한 걸음을 내딛게 되었다.

하이힐을 신고 휠체어를 밀다

29

아버지께

"료카 선생님은, 가족분들과 잘 지내십니까?"

시작은, 어느 학생이 던진 질문이었다. 료카는 순간 굳어, 말을 삼키고 있었다. 그리고는 특유의 미소로 "잘 지내"라고 웃으며 답했다. 그 모습을 흘려 넘겼다면 좋았을지도 모른다. 그러나 나는 반사적으로 "진짜?"라고 되물었다.

료상의 얼굴에서 미소가 사라졌다. 내 눈을 가만히 바라보다가, 료상은 말을 쥐어 짜내며 이렇게 말했다.

"잘 지내……지 않아."

교실 안의 분위기가 술렁거렸다.

"누구랑 잘 지내지 못하고 있습니까?"

학생이 료상의 얼굴을 쳐다보며 물었다.

"아버지."

료상은 작게 대답했다. 특유의 미소는 사라져 있었다.

이날, 료상은 '대학 (외부) 강사'로서, 간호복지사를 목표로 하는 학생과 함께 간호지원 수업을 하고 있었다.
"아버지와는 잘 못 지내고 있어."

질문을 한 학생은 어떤 모습을 상상하고 있었을까. 장애를 가진 아들을 중심으로, 가족 모두가 힘을 합쳐서 잘 지내는 아름다운 모습을 상상하고 있었을까. 아니면 반대로 겉으로는 원만해 보여도 힘들 거라고 생각하고 있었을까. 어느 쪽이었든, 분명 중요한 질문이었다. 학생들이 다양한 각도에서 료상에게 질문을 던지자, 그에 대한 료상의 생각을 이끌어 내게 되었다.

학생 아버지께 뭔가 말하고 싶은 게 있는지, 해주었으면 하는 게 있는지요? 아니면 그도 아닌 다른 것인지요?

료카 말하고 싶은 게 있어.

학생 말하고 싶은 건, 일에 대한 것인가요, 사적인 것인가요? 몸에 대한 것인지, 그 외의 것인지요?

료카 몸에 대한 것. 다리가 버둥거리는 거.

학생 다리가 버둥거리며 흔들리는 것을 아버지는 모르나요?

료카 알고 있어. 그런데 나의, 말로. 나의, 말로…….

학생 나 자신의 말로, 다리가 버둥거린다는 것을 말하고 싶다는

하이힐을 신고 휠체어를 밀다

건가요?

료카 네.

"다리 버둥거리지 마! 가만히 있어."

남편의 말이 뇌리에 떠올랐고, 목구멍이 꽉 막히는 것 같았다. 료상과 식사를 할 때, 목욕을 할 때, 함께 있을 때, 몇 번이나 들은 말이다. 남편은 료상의 다리가 본인의 의지와는 상관없이 제멋대로 움직이는 것을 머리로는 이해하고 있다. 하지만 마음으로는 도저히 받아들일 수 없는 '무언가'가 있는 듯하다.

"어쩔 수 없잖아. 몸이 제멋대로 움직이니까."

"그런 걸로 왜 화를 낸대? 일부러 그러는 게 아니잖아."

나와 부모님, 그 뒤 태어난 딸까지도 료상의 몸에 대해 '이해해 달라'고, 남편에게 늘 이야기해왔다. 하지만 언젠가부터, 아무도 그 것에 대해서는 언급하지 않게 되었다.

사랑하지 않는 게 아니다. 료상의 일과 삶을 인정하고 있고, 존중하고 대단하게 생각하고 있다. 그것이 남편 나름대로의 사랑하는 방식이다. 비록 이상적인 가족의 모습이나 사회가 바라는 형태가 아니라고 해도.

하지만 료상이 태어난 지 20년이 지났음에도 불구하고, 아무래 도 남편은 사랑의 방식을 찾아내지 못한 것 같다. 그런 남편의 서 투름은 료상이 어렸을 때도, 20살이 된 지금도, 변함없이 우리 가족의 비밀상자에 들어간 채, 계속 남아 있다. 그래서 료상도 분명, 아버지와의 관계에 대해서는 마음속에 남겨 두었다거나 포기하지 않았을까 생각했다. 그런데, 그것이 큰 오판이었다는 것을 이제야 깨달았다.

학생 자신의 말로 아버지께 전달하고 싶은 거군요. 그럼 그것을 전했을 때 아버지가 어떻게 해주었으면 좋겠습니까?

료상은 이렇게 말했다
"변했으면 좋겠어."

그는 마음속에 남겨둔 게 아니었다. 포기하지도 않았다.
"아버지, 저는, 다리가 저절로 버둥거려요. 알아주세요. 그러니까 이제, 그런 무서운 얼굴로 말하지 마세요."
누군가가 대신 말해주는 것이 아니라, 자신의 말로 전하고 싶다는 생각이 계속, 계속, 포기하지 않고, 썩어서 흩어지거나 사라지는 일 없이 료상의 안에 계속 굳건하게 존재하고 있었다. 그런 료상의 마음을 나는 처음으로 알게 되었다.

1월 13일, 료상의 성인식. 가게를 몇 개나 둘러보고 그가 선택해 입은 정장과, 고집스러운 나비넥타이로 몸을 치장하고서, 료상은 오랜 친구와 외출했다.

하이힐을 신고 휠체어를 밀다

"멋진데!!! 호스트 같다, 야!!!"

"잘 어울리는데!!! 호스트 같아!!"

할머니, 할아버지도 그리고 친구들도 멋지다는 '칭찬'에 이어 꼭 '호스트^{host} 같다'라고 덧붙였다. 마치 '밥' 하면 '된장국'이 붙어 나오는 것 같다. 정장이 만들어내는 매직, 흥미롭다.

집에 돌아온 료상과 신세를 진 모든 분들과 함께 특별한 날에만 가는 가게에 갔다. 멋진 고기가 내 위장에, 그리고 무심코 두 번이나 확인한 영수증이 내 손에 들어왔다.

돌아오는 길, 술을 마신 남편 대신 내가 운전석에 앉았다. 료상의 성인식을 축하해준 분들을 차례로 모셔드리고, 이윽고 차 안에는 가족만 남았다. 조금 전까지의 떠들썩함은 사라지고, FM802에서 조용한 음악이 흐르고 있었다. 조수석에서 스마트폰을 만지는 남편. 오늘은 안 졸고 있다. 보기 드문 일이라고 생각했다.

고속도로를 달리는 차의 창문 밖으로 맑은 거리가 선명하게 보였다.

아파트에 도착하고, 차에서 내리니 낮의 따뜻했던 날씨가 돌변해 차가운 바람이 몰아쳤다. 남편이 빠른 걸음으로 료상의 휠체어를 밀고 갔다. 엘리베이터 앞에 도착했지만, 위층으로 올라가버린 엘리베이터는 좀처럼 내려올 것 같지 않다. 눈 깜짝할 사이에 몸이 얼어붙어 부르르 떠는 내 등 뒤에서 열띤 말이 들려왔다.

"지금, 말할래."

나는 귀를 의심했다. '지금?! 엄청 추운, 여기에서?! 지금?!'

무심코 나올 뻔한 말을 삼키고, 휠체어에 손을 대고 있는 남편에게 말을 걸었다.

"료상이, 할 말이 있대."

료상과 남편이 마주 보고, 나는 조금 떨어져서 두 사람을 지켜보았다.

"다리가, 버둥버둥. 다리가, 버둥버둥!"

조금 떨어진 장소에서 지켜보는 내 귀에도 료상의 말이 전해졌다.

"다리가 버둥버둥? 알고 있어."

"내, 말로, 내 말로, △○□※"

굳어 있는 두 사람에게, 사정없이 찬바람이 몰아쳤다. 구조선을 보낼까. 이대로 지켜볼까.

엘리베이터가 도착하고, 묵직하게 문이 열렸다. 밝은 빛과 함께 조금 따뜻한 공기가 우리를 손짓하듯 부르고 있었다. 하지만, 아무도 타지 않았고, 그대로 문은 닫혔다.

료상은 열심히 입을 열어서 무슨 말을 하려고 했다. 그러나 상

하이힐을 신고 휠체어를 밀다

대는 남편이다. 료상이 아직 어렸을 때 "담배 피울 거면 환풍기 밑에서 피고 와"라고 하자, 환풍기 밑으로 마지못해 가서는, 스위치도 안 켜고 담배 연기를 내뿜던 남편이다. 고집불통이다.

"도와줄까?"

안 되겠다 싶어 나서기로 했다. 입을 다문 료상에게 "조금만 끼어들게"라고 말하고, 남편을 마주보았다.

"다리가 제멋대로 버둥거린다는 걸, 자기 입으로 직접 말하고 싶었대. 자, 그럼 말했으니 이제 어떻게 해줬으면 좋겠어?"

"알아줬으면 좋겠어. 변했으면 좋겠어."

혼신을 다한 한마디가 공중으로 울려 퍼졌다.

"……알았어."

남편은 그렇게만 말하고, 엘리베이터 버튼을 살짝 눌렀다.

료카의 마음이 잘 전해졌을까. 나는 알 수 없었다.

며칠 뒤. 모처럼 한가한 시간에, 별일 아닌 것처럼 남편에게 물어봤다.

"지난번 료카 이야기, 어떻게 생각해?"

남편은, 음…… 하고 휴대폰 화면에서 얼굴을 들어 올려 "내가, 그렇게 화냈었어?"라고 물어왔다. '내 얼굴에 뭐 묻었어?'라고 말하는 투였다.

"응, 많이 혼냈었어."

"그렇구나."

잠시 입을 다물고 있던 그는 곧이어 덧붙였다.

"녀석, 대단하네. 포기하지 않고 자기가 직접 말하겠다니. 저 녀석은 정말, 대단한 녀석이야."

스무 살. 어릴 때부터 조금도 꺼지지 않고 있던 료카의 마음은, 우연한 계기로 밖으로 드러났다. 분명 전달될 거야. 자기 말로 전하면, 분명. 포기하지 않은 료카를 보고, 또 한 번 가족의 모습도 바뀌고 있었다.

하이힐을 신고 휠체어를 밀다

30

아무것도 몰라도 괜찮아

"료카 씨와의 대화는 어떻게 하고 계십니까?"

자주 이런 질문을 받는다.

간단하게 설명하자면, 우선 내가 묻고, 료상이 대답한다. 거기서 이어진 의문을 내가 물으면 료상이 추가로 대답한다. 이렇게 차례로 정답을 찾아간다.

어느 날, 밀착취재를 받고 있을 때, 나와 료상의 대화 방식을 렌즈 너머로 지켜보고 있던 카메라맨이, "잠깐 괜찮으실까요?"라고 말했다.

"저희는 료카 씨와 만난 지 아직 얼마 안 되어서 료카 씨의 말이나, 전하고 싶은 마음이 솔직히 그 정도로 이해가 되지는 않습니다. 하지만 오리에 씨는 아마 누구보다도 료카 씨에 대해 잘 알고 계실 거라고 생각했습니다. 그런 오리에 씨도 료카 씨의 마음이나 말을 잘 모를 때가 있습니까?"

알 리가 없다.

잘 알 거라니 말도 안 된다. 내 아이니까 다 알 수 있다니, 그런 생각은 절대로 피하고 싶고, 해서도 안 된다고 생각한다.

"그래서 물어보는 겁니다. 몇 번이고 몇 번이고 생각을 알 수 있을 때까지 물어보는 겁니다."

그렇게 대답했다.

료카가 아직 어렸을 때, 그의 말을 이해하지 못했지만, 몇 번이고 말하게 하는 것이 불쌍해서 대충 알아듣는 척을 한 적이 있었다. 그러자,

"아는 척하는 게 제일 싫어."

라는 말을 들었다.

그래서 그만뒀다. 아는 척은 절대로 하지 않기로 했다. 서로를 이해하고 싶어서 몇 번이나 싸우기도 했다. 알고 싶은데 잘 모르겠어. 전하고 싶은데 전달이 안 돼. 단 하나의 사소한 질문인데, 농담을 하려고 한 것뿐인데, 아무리 말을 바꿔보아도, 아무리 카드나 문자판을 써보아도, 답을 찾을 수 없었다. 정신을 차리고 보니 미소도 사라지고, 한겨울인데 둘 다 땀투성이가 되어 있었다. 화내고, 고함치고, 그래도 서로를 이해하고 싶어서 마주한 밤이 수도 없이

하이힐을 신고 휠체어를 밀다

있었고, 지금도 아주 가끔, 방심하면 그렇게 된다.

이유는 하나.
서로에 대해 알고 싶으니까.
나는 부모이지만, 료카가 아니다. 그러니까 료카의 모든 것을 알리가 없다. 얘기하고 싶다. 알고 싶다. 나는 그의 마음속 깊이 있는 본심이나 생각을 알고 싶다. 그는 자신의 마음속 깊이 있는 본심이나 생각을 전달하고 싶다. 서로의 진심이 부딪힌다. 그것이 그와의 대화다.

내가 만약이라도 그에 대해 전부 알고 있다고 생각해버리면, 거기서 끝이다. 말을 잘한다든가 말을 못한다든가 하는 문제가 아니다. '상대에 대해 다 알고 있다'고 생각해버리면 그 즉시 상대가 누구든 단절된다. 자기 멋대로 생각하고 단정 짓게 된다.

그러니까 '나는 아무리 해도 그의 모든 것은 모른다'고 생각하는 것이 좋다. 그것은 료카에게만 해당하는 것이 아니다. 아무리 가까운 사람이라도, 비록 아무리 술술 이야기를 나눌 수 있는 사람이라도, 모든 것을 알 수는 없다. 그래서 서로 커뮤니케이션을 하는 것이다.

근데 뭐, 알게 되기 전까지는 너무 피곤한데, 그렇기 때문에야말로 아무리 쓸데없는 것도 시간이 걸린 만큼, 알게 되었을 때의 성취감은 크다.

"알아듣기까지 시간이 걸리는 편이, 알아들었을 때 더 기쁘잖아요."

"뭐, 그렇지요."

여유롭게 웃는 료상과 쓴 웃음을 짓는 어머니였다.

하지만, 곧이어 료상은 인생 최대의 위기를 맞이했다.

31

위기는 기회

고등학교를 졸업하고 3년. 순조롭게 강사로서의 경력을 모자 2인3각으로 쌓아온, 그런 어느 날의 일이었다. 그날 나는 료상이 외부강사로 다니던 대학에서, 내 강의를 위해 혼자 와 있었다.

"하타케야마 씨, 잠시만요."

간호학과 주임 선생님이 불러 세웠다. 선생님이 의자를 권했다.

"료카 씨의 수업에 대한 것인데요, 앞으로 어머니의 서포트 없이, 료카 씨 혼자서 등단해주셨으면 합니다. 즉 '말은 잘 못하지만 대학강사'를 계속하고 싶으시다면, 료카 씨가 본인의 말로 이야기해주셨으면 하는 것입니다."

그것이 무엇을 의미하는지 모를 정도로 바보는 아니었다. 료카 혼자서 자신의 생각을 학생에게 전하다니, 그런 거······.

"그렇······군요."

선생님과 마주한 새하얀 테이블의 작은 흠집을, 나는 말 그대로 할 말을 잃고, 그저 바라만 보고 있었다.

사실상의 해고 통보다. 료카에게 뭐라고 전하면 좋을까. 핸들을 쥐고 있는 손이 파르르 떨렸다.

료카의 말은, 22년이나 함께 살아온 나조차도 이해되지 않을 때가 많다.

"응? 잠깐, 무슨 말을 하는지 모르겠어."

어쨌든 이야기를 하려고 하면 할수록 전신에 힘이 들어가는, 귀찮은 마비다. 초등학교 때부터, 당시 세상에 등장한, 의사를 전달하기 위한 기기(의사전달장치)를 오카무로 선생님을 필두로 여러 가지 시도를 해왔지만, 마비가 너무 강해서 어느 것도 잘 사용할 수 없었다.

결국 '입으로 말하는 편이 빠르다'고 결론 내리고 여기까지 왔다.

하지만 처음 만나는 학생들에게 지금의 료상의 발화(發話) 상태로는, 료상 혼자 강의를 하기란 거의 불가능할 것이다.

그러나 선생님의 말씀도 일리가 있다. 엄마인 내가 커뮤니케이션을 도와주면, 나는 료카의 입의 움직임이나 말을 읽는 데 익숙해져 있지만, 료카에게 익숙하지 않은 사람의 입장에서는

"어? 정말로 료카 선생님이 말한 거야? 엄마가 시키는 거 아니야?"

그런 오해가 생길 수도 있다.

그러나 그런 것은, 나는 물론, 누구보다도 료상이 바라지 않는다. 그러니 그런 오해를 해소할 단 하나의 방법은 '자신의 말로 이야기한다'는 것이다.

'언젠가 홀로서기를 하면 좋겠다.'라고 생각하고는 있었지만, 너무 갑자기 닥친 사건에 어떻게 대처해야 할지 몰라 고민하면서 나는 여태껏 현재에 안주하고 있었다는 것을 깨달았다.

집에 돌아와서도 나는 감정을 정리하지 못하고 있었다. 그러나 이것은 나의 문제가 아니다. 료카의 문제다. 나는 최대한 감정을 섞지 않고, 사실만을 전달하기로 했다. 자초지종을 잠자코 듣고 있던 료카는, 얼굴을 찡그리며 일그러뜨리고,

"분하네."

한마디 하더니 또르르…… 한 방울의 눈물이 뚝, 하고 떨어졌다.

나도 모르게 감정이 줄줄 새어나와, 나는 위를 바라보며 필사적으로 참았다.

"료상은, 어떻게 하고 싶어?"

허리를 굽혀 눈이 새빨개진 료카의 얼굴을 가까이 들여다보았다.

"료상이 얼마나 대학 강사 일을 소중히 여겨왔는지 알고 있어. 지금까지 말할 수 없기 때문에 할 수 있는 것이 있다. 그렇게 믿고 열심히 해온 것도 알아. 대학 강사 일을 계속 하고 싶으면 말을 해야만 해. 지금까지 소중히 여겨온 것과는, 반대되는 것을 요구받고 있다고도 할 수 있어."

"분해. 이제…… 그만두고 싶어."

료카가 쥐어짜듯이 중얼거렸다.

"그만두고 어떡할 건데?"

"다른 학교에서 수업한다."

"대학 강사 일은 그만두고 싶지 않다는 말이야?"

"네."

눈물과 콧물로 엉망이 된 료카를 보면서, 방향은 잡혔다고 생각했다.

"그럼, 도망가지 마."

나는 참았던 눈물 대신, 힘을 주어 말했다.

"이 벽은 학교가 바뀌어도 어차피 꼭 부딪히게 돼 있어. 여기서 도망쳐도 또 부딪히는 벽이 생겨. 너는 그때마다 이렇게 도망갈 거니?"

"싫어!"

분노와도 같은 료카의 목소리가 공기를 흔들었다.

알고 있다. 알고 있어, 료카. 껴안아 주는 대신, 눈물을 흘리는 대신, 미소를 짓고, 말을 돌렸다.

"료상, 있잖아, 나와 짝을 지어 하는 지금까지의 형식은 료상에게 있어서 베스트였어?"

"아니."

"그렇지. 나도 그렇게 생각해. 그럼 말이야, 이건 오히려 찬스가 아닐까? '언젠가 혼자서 등단할 수 있으면 좋겠다'던 생각에 도전할 찬스일지도 몰라!"

빙긋 웃어 보였다. 료상은 잠시 생각하더니,

"……해볼게."

라고 눈물 콧물로 엉망이 된 얼굴로 웃으며 답했다.

"OK. 알겠어. 그럼 작전회의 해볼까?"

이렇게 해서, 료상의 새로운 도전이 시작되었다.

32

수술이라는 결단

혼자서 등단하는 것을 목표로 한다, 그렇게 결심하고 나서 '어떻게 하면 말하고 싶은 이야기를 할 수 있을까?'를 그저 검색할 뿐이었다. 초등학교 때와는 또 다른 새로운 지원기기들도 나와 있었다.

가장 먼저 후보에 오른 것이, 시선 입력 장치였다.

시선 입력 장치란, 손발이나 입을 사용하지 않고, 시선만으로도 컴퓨터나 태블릿을 조작할 수 있는 장치이다. 과거에 몇 번 도전한 적은 있었지만, 당시에는 잘 다루지 못해 포기한 적이 있다.

하지만, 기기의 성능도 좋아졌을 것이고, 료상의 마음가짐도 당시와는 다를 것이다.

그래서 다시 한 번, 시선입력 장치에 도전해보기로 했다. 그리고, 우연히 그 타이밍에 만나게 된 언어청각사 노리나 씨에게 료카의 마비 상태를 정확하게 평가받을 수 있었다.

"가끔 시선이 흘러가버리지만, 눈의 움직임은 나쁘지 않아요. 보고 싶은 곳을 보는 것도 가능하네요. 그저, 마비로 머리가 저절로 움직여버리니까 조금 더 몸의 움직임이 안정되면 좋을 텐데……."

마비가 안정되어야 한다. 도대체 어떻게 하면 좋을까. 해가 지고 어두워진 뒤 돌아오는 길, 료카와 상의를 하며 돌아가려고 차에 올라탄 그때였다. 백미러 너머로 눈이 마주친 나에게 료상은 갑자기 이렇게 말했다.

"수술할게."

그것은 전신의 근육긴장이상증을 경감시키는 '바클로펜 펌프술'이었다. 복부에 약제를 담은 펌프를 이식하고 관을 통해 근육이완제인 '바클로펜'을 척수강에 직접 투입하는 것이다.

열여섯 살 때 한 번, 장래를 생각해서 이 바클로펜 펌프술에 사용하는 약이 료카의 몸에 효과가 있는지 시도한 적이 있었다. 약효가 있을 때는 발버둥도 멈추고, 손가락으로 휴대폰을 스크롤할 수 있을 정도로 거짓말처럼 마비가 경감되었다.

그러나 그 효과에 감탄한 것도 잠시, 약효가 떨어진 료상의 몸은 반동으로 몸이 젖혀져 마치 곧은 막대기처럼 뻣뻣해졌다.

"긴장이, 안, 풀려."

말도 끊기고, 호흡도 거칠었다. 당시 초등학생이었던 츠카사도, "오빠, 불쌍해."라고 눈물을 글썽거릴 정도로, 외면하고 싶을 만큼 괴로운 모습이었다. 당시에는 너무나도 강한 반동에 본인도 가족도 겁에 질려 "나중에 정말 어쩔 수 없을 때, 다시 검토해보자."라고 봉인해 두었다.

수술이란, 그것을 말하는 것이다.

가슴이 떨리도록 걱정이 되었다. 전신마취 수술. 부담이 없다면 거짓말이다. 상담한 주치의도, "이 수술을 한다고 해서 마비가 줄어들지, 얼마나 효과를 볼 수 있을지는 해보지 않으면 알 수 없습니다."라고 했다.

나는 료카와 둘이 있을 때를 틈타 다시 한 번 확인하기로 했다.

"료상, 진짜로 수술할 거야?"

"네."

"효과가 있을지 어떨지도 몰라."

"네."

"아플 거고, 배에 펌프를 넣는다고 해도 지금보다 더 이야기를 편하게 할 수 있을지 없을지도 몰라. 그래도 괜찮아?"

"괜찮아."

그래서 나는, 정곡을 찔러 물어보기로 했다.

"있잖아. 그렇게까지 하면서 대학 강사 일에 왜 그렇게 집착하는 거야?"

무심코, 속마음을 털어놓은 나에게, 료카는 천천히, 하지만 똑바로 이렇게 말했다.

"학생, 이, 좋아. 일, 하는, 즐거움을, 전하고, 싶어."
료카는, 후, 하고 힘을 뺐다. 그리고 계속했다.

"산다는, 것, 은, 일, 하는, 것, 이야. 엄마."
그렇게 말하고 료카는 방그레 웃었다.

33

산다는 것은 일하는 것

2022년 2월, 료카는 수술을 했다.

나의 서포트 없이 혼자 교단에 서서, '움직일 수 없고, 말할 수 없다. 그러나 전달할 수 있는 대학 강사가 될 것이다!'를 실현하기 위해서.

그리고 모처럼의 기회였기 때문에, 대학 강사를 목표로 하는 과정을 볼 수 있도록 크라우드펀딩을 실시했다. 무려 423명의 시민들이 응원해주셨다.

수술을 끝낸 현재는, 유튜브에서 수술 후의 모습이나, 커뮤니케이션 연습, 의사전달장치 등의 지원기기에 도전하고 있는 모습 등을 업로드하고 있다. 같은 환경의 장애인들은 물론, 간호나 의료종사자가 목표인 학생이나 장애와 전혀 관계가 없어도 '꿈을 향해 나아가는 모습을 보며 보는 사람도 자신감을 가지면 좋겠다'는 료상의 생각을 담은 영상을 계속 업로드하고 있다.

얼마 전, 초등학교 6학년을 상대로 하는 진로교육 수업 중, 이런 질문을 받았다.

"료카 씨는, 장애가 있는 자신을 싫어하지 않습니까?"

료카는 잠시 생각한 뒤,

"나, 자신이, 마음에 들어요."

그렇게 말하고 웃었다.

다른 사람들과 연결되고 싶다. 친구를 사귀고 싶다. 자신의 소원을 료카는 줄곧 포기하지 않았다. 동급생과 생각대로 대화가 되지 않아 혼자 고개를 숙이던 료카는 이제 없다. 말을 잘 못한다는 다른 사람들과의 '다름'에서 가능성을 발견한 료카는, 내가 모르는 사이에 자부심을 느끼며 살고 있었다.

수업 끝에 '마지막 한마디'를 요청받았을 때, 료카는 이렇게 말했다.

"자신을, 포기하지, 말아 주세요."

자신을 포기하지 않는다. 그는 분명 이 도전을 계속해 나갈 것이다.

제5장

이
유

지금의 나를 만난 분들이나 SNS를 통해 알게 된 분들로부터,

고민 상담이나 댓글을 많이 받는다.

"어떻게 하면 오리에 씨처럼 긍정적으로 살 수 있을까요?"

"저도 오리에 씨처럼 자신감을 갖고 멋지게 살아보고 싶어요."

그러나, 내가 옛날에도 지금 같았느냐 하면, 전혀 그렇지 않았다.

"부정적이고, 자신감도 없고, 스스로가 세상 누구보다도 싫었다."고 말하면

대부분은 놀라서, 이런 질문을 하신다.

"그럼, 언제부터 그렇게 되었던 거예요?"

여기서부터는 내 이야기를 해보려고 한다.

34

아버지와 우리 집

아버지는, 무엇이든 못하는 게 없는 사람이었다.

공부는 물론, 글씨를 쓰면 교본처럼 반듯했다. 그래서 어릴 때 내 물건에는 모두 아버지가 이름을 써주셨다. 아버지는 DIY부터 타이어 수리, 게다가 요리까지 잘했다.

아버지는 주말에 가끔 프렌치토스트를 만들어 주셨는데, 정말 맛있었다. 지금 내가 가족들에게 만들어 주는 프렌치토스트는 사실 아버지의 프렌치토스트가 원조였다.

아버지는 공중도덕을 반드시 지키는 사람이었다.

본인에게도, 다른 사람에게도 봐주는 것 없이 엄격했다. 길거리에서, 규칙이나 질서를 위반하고 있다고 느껴지는 사람에게는 성큼 성큼 다가가 큰 소리로 야단을 치며 가르쳤다. 그런 모습을 보는 것이 당시에는 정말로 괴로웠다.

아버지는 즐거운 듯 떠들고 있는 사람에게도, "시끄럽잖아!" 하며 역정을 냈다. 옛날부터 내가 즐거운 일이나 기쁜 일을 느끼는 것에 어딘가 불편한 마음이 들었던 것은 '즐거운 것은 좋지 않은 것'이라는 공기가 온 집안을 맴돌고 있었기 때문일지도 모른다.

아버지는 훈육에 엄격한 사람이었다.

주머니에 손을 넣고 걸으면 안 된다. 소매를 손끝까지 늘어뜨리면 안 된다. 친구로부터 과자를 받아도 안 된다. 외박은 절대 안 된다. 화장이나 매니큐어도 안 된다. 통금시간은 항상 다른 아이들보다 두 시간은 빨랐다. 통금시간을 불과 몇 분만 넘겨도 어김없이 아버지는 현관에 버티고 서서 기다렸고, 한두 대 맞을 때도 있었다.

전자레인지에 돌려 뜨거워진 찻잔을 들었다가 무심코 테이블에 떨어뜨렸을 때는, "조심성 없이!"라고 소리를 질렀다. 정신을 차려보면 코피가 흐르고 있었다. '훈육'이라는 이름의 체벌은 나에게 일상이었다.

아버지는 매사에 부정적인 사람이었다.

자신에 가치관에 맞지 않으면 무조건 부정했다. 유행하는 노래부터, 신차의 편리한 기능까지도, 아버지의 생각과 다르거나 아버지의 가치관과 다른 것들은 전부 틀렸다고 거부했다.

꿈이나 희망에 대해 논하는 것보다 중요한 것은, '정확하고 현실

하이힐을 신고 휠체어를 밀다

적인' 것이었다.

'바르게 살자'란 액자가 걸린 집안은 언제나 말끔히 정돈되어
있었고, 냉랭한 바람이 쌩쌩 불었다.

35

장래희망

'장래희망 발표하기!'

초등학교 시절, 한 해를 시작할 때면 으레 빠지지 않는 시간. 사람들은 모두가 꿈이란 걸 갖고 있는 걸까. 주변을 두리번두리번 살펴보면서, 나는 항상 의문이었다.

나에게, 꿈 따위는 없었다. 암묵적으로 존재하는 '아이는 꿈을 갖고 있는 것이 당연한 것'이라는 분위기가, 괴로웠다.

그렇지만 그런 이야기를 누구와도 하지 못한 채, 5학년인 나는 결국 평소처럼 생각했다. 무엇이 되고 싶은지를 말하는 것이 아니다.

'뭐라고 써야 아빠, 엄마에게 혼나지 않을까?'

세상에서 인정하는 '대단한 일'을 생각했다.

그리고 이번에는 '변호사'라고 쓰기로 결정했다.

"훌륭한 꿈이네."

이렇게 어른들은 칭찬할 것이다. 문득 대각선 앞에 앉은 같은 반 친구의 글씨가 눈에 들어왔다.

'케이크 가게 사장님'이라고 적혀 있었다. 까르르 웃으면서 옆자리의 아이와 아주 즐거운 듯 수다를 떨고 있었다.

나는 내가 조금 전에 쓴 것을 바라보았다. 방금까지만 해도 아무렇지 않던 글자가 갑자기 답답하게 느껴졌다. 뭔가…… 변호사야.

'거짓말쟁이.'

변호사가 되고 싶다는 생각은 한 번도 한 적 없어. 마음에도 없는 것을 그럴듯하게 적고 발표할 나 자신에게 화가 났다.

나의 장래희망은 집을 나가는 것. 자유롭게 살아가는 것. 나는 거짓말쟁이인 나를 경멸했다. 자신이 세상에서 제일 싫었다.

'사라져버리고 싶어. 그렇지만 사라질 용기도 없어.'

어렸던 나는 스스로를 놓아버리기로 했다. 그리고 아버지의 정답, 엄마의 정답, 친구의 정답, 선생님의 정답을 찾기 위해 노력했다.

누구에게도 미움 받지 않을 사람이 되기 위해서. 하지만 그 대가는 컸다.

자신의 감정을 무시하는 것은, 결국 자신과 상대방 모두에게 상처를 주는 일이었다. 나는 이중적이고, 유약하고, 비겁한 사람이었다. 자신을 지키기 위해 필사적이었고, 무슨 일이 생기면 남을 탓하고, 다른 무언가를 탓했다.

물론 그런 나를 누군들 믿을 리가, 좋아할 리가 없었다. 나는 그런 내가 너무 싫었다.

하이힐을 신고 휠체어를 밀다

36

유일하게 인정받은 것

하지만, 그런 일상 속에서 기쁜 일도 있었다. 그날은 평소와 별반 다르지 않은, 아침 풍경에서 시작되었다.

"오리에, 일어나!"
알람소리 대신, 엄마의 목소리가 1층에서 들려왔다.
"네-."
나는 소리를 질러 대답했다. 매일 아침 6시 50분. 정해진 시간에 꼬박꼬박 일어나는 것이 나의 초등학교 시절이었다.

내가 다니던 초등학교에는 교복이 없었다. 그래서 사복을 입고 다녔다.
초등학교 고학년이 되면, 여자아이들은 좋아하는 남자아이가 생기거나 혹은 여자들끼리 라이벌이라고 할 것까지는 없지만, 서로의 패션으로 은근히 기싸움을 했다.

그래서 내가 아침에 일어나서 제일 먼저 하는 일은, 세수를 하는 것도, 아침을 먹는 것도 아닌 옷을 고르는 일이었다.

침실 옆 미닫이문을 열면, 좌우로 옷장이 늘어선 1.5평 정도의 '옷방'이 있었다.

매일 아침 일어나자마자, 서늘한 갈색 장판 바닥에 정자세로 앉아 서랍을 마주보며 생각했다.

'오늘은 치마냐, 바지냐.'

그날의 수업 내용(교실 이동이나 활동)이나 기분으로 아이템을 결정하면, 그에 맞추어 다른 아이템을 신중하게 골랐다.

색의 밸런스나 전신 라인, 전반적인 느낌이 정해지면 최종 체크. 그리고 '포인트가 있나 없나'도 아주 중요했다.

아버지는 화려하거나 아버지가 보기에 '천박'한 것은 싫어했다.

애당초 부모님의 허락을 받고 옷을 사기 때문에, '화려한 것'이나 '천박한 것'은 아예 존재하지도 않지만, 아침부터의 분쟁은 피하고 싶었다.

그날도, 내 모습을 꼼꼼하게 확인하고 옷을 손에 들고 계단을 내려가 1층 거실문을 열었다. 향기로운 커피 향과 어울리는 고소한 토스트 향이 좋았다. 거실 테이블에는 달걀프라이와 베이컨이 준비되어 있었다.

하이힐을 신고 휠체어를 밀다

"좋은 아침이에요."

최대한 밝은 목소리로 인사를 했다.

'상대에게 들리지 않으면, 말하지 않은 것과 같다.'고 아버지는 항상 말씀하셨다.

"좋은 아침."

부모님의 목소리를 확인하면서, 세면대로 가서 머리를 묶었다. 제일 괜찮은 것은 조금 높게 묶은 포니테일이다.

세면대에서 거실로 돌아오자,

"오리에."

"네!"

갑자기 아버지가 부르는 소리에, 깜짝 놀라며 돌아섰다.

"오리에는 옷 입는 센스가 좋구나."

"?"

예상치도 못한 말에 나는 너무 당황하고 말았다. 좀처럼 칭찬받는 일이 없는 나였다.

"아, 네……."

공기를 삼키는 듯한 답을 하는 것이 고작이었다.

그날 어떤 옷을 입었었는지, 솔직히 기억도 나지 않는다. 왜 아버지가 그런 말을 했는지 모르겠지만, 우연히 기분이 좋았던 건지도 모른다.

그래도, 기뻤다. 그 마음만은 아직도 깊이 남아 있다. 처음으로 아버지에게 내 선택을 인정받았다는 생각이 들었다.

예를 들어, "이 과자 맛있어"라고 건네준 것을, "응. 맛있네"라고 말해주는 것만으로도 기쁘다.

"이 TV 프로그램 재밌네", "이거 대박이네!" 이런 사소한 일상의 대화 속에서 공감하거나, 관심을 보여주면 '나를 이해해준다'고 안심했다.

하지만, 아버지와 나 사이에는 안타깝게도 그런 것들이 전혀 없었다.

"아버지, 이거 맛있어요."

"그래? 이상한 맛인데?"

"아버지, 이 TV 프로그램 재밌어요."

"그런 쓸데없는 TV 프로그램 같은 거 보지 마라. 바보 된다."

"아버지, 이것 좀 보세요. 열심히 했어요."

"언니니까, 당연히 잘해야지."

무슨 큰일이 있었던 것이 아니다. 다만, 매일 아주 조금씩, '공감 받지 못한다', '이해받지 못한다'는 경험이 오블라토(먹기 어려운 가루약 등을 감쌀 수 있는, 전분으로 만든 얇은 종이 막-역자주)처럼 얇고 약하게, 몇 년에 걸쳐 내 속에 묵직하게 쌓였다.

하이힐을 신고 휠체어를 밀다

그래서 그날, 아버지가 무심코 말씀하신,

"오리에는 옷 입는 센스가 좋구나."

그 말은, 내 마음을 밝고 환하게 만들기에 충분했던 것이다.

'타인으로부터 평가받고 인정받았다는 경험'은, '자기효능감'이
되고, 그 사람이 자신답게 살아가기 위해서 필요한 '자기긍정'이 된
다.

'센스가 좋은 나'

이는 당시 내가 나를 인정받은 유일한 표현으로 나를 지탱시켰
고, 용기를 주었다. 나를 남들과 구별하는 수단으로, 그날부터 패션
은 나의 대명사가 되었다.

그날로부터 30여 년이 지난 지금까지도, 아버지의 한마디는 금
테 액자에 넣어둔 표창장처럼, 내 가슴 속에서 선명하게 빛나고 있
다.

37

꿈과 현실

　그런 초등학교 시절을 거쳐, 지역의 중학교를 졸업하고, 무사히 공립고등학교에 입학했다. 빵을 엄청나게 좋아했던 나는 '남으면 들고 갈 수 있다'는 이유로 빵집이나 피자집에서 아르바이트를 했다.

　하지만 고등학교 2학년이 되면서, 슬슬 졸업 후의 진로에 대해 생각해야 했다. 그리고 나는 계속 마음속에 간직하고 있던 생각을 부모님께 얘기하기로 결심했다.

　나는 그림 그리는 것을 좋아했다. 특히 모방해서 그리는 것은 자신이 있어서, 작지만 상을 받은 적도 여러 번 있었다.

　그림을 그리고 있으면 행복하고, 아무 생각도 들지 않았다. 아무런 고민 없이 그저 눈앞에 있는 것을 충실하게 묘사해 역동적으로, 생명을 불어넣었다. 내가 보고 있는 것을 붓이나 연필 한 자루로 어떻게 하면 잘 표현할 수 있을지 최선을 다했다. 그림을 그린다는 것은, 나에게 있어서 자유 그 자체였다.

'언젠가 지브리 스튜디오의 배경화나 세계적인 명화를 그리는 일에 종사하고 싶다.'

막연하지만 그것은 내 안에 있던 단 하나의 꿈이었다.

부모님이 거실에 계실 때를 노려, 아무렇지 않은 듯이, 그러나 일생일대의 용기를 쥐어 짜내 한 걸음 다가갔다.

"저기……, 앞으로 그림과 관련된 진로를 생각하고 있어요."

내 본심을 이야기하다니, 이게 얼마 만인가. 긴장으로 손끝이 싸늘해졌다.

심장이 두근거리며 온몸이 떨리는 것 같았다.

신문을 읽고 있던 아버지는 힐끔 나를 쳐다보더니 천천히 몸을 돌려 이쪽을 보며 말씀하셨다.

"뭐야, 설마 화가라도 되고 싶다고 말하려는 건 아니지? 화가 같은 걸로 먹고 살 수 있다고 생각하니? 현실을 제대로 봐라. 쓸모없는 얘긴 하지도 말고."

딱 잘라 말하고 시선을 다시 신문으로 돌렸다.

다리가 덜덜 떨렸다. 왜, 왜…… 항상 무조건 부정하는 거야. 왜 끝까지 말을 들어주지 않는 거야. 분노와 슬픔이 치밀어 올랐다. 동시에,

'말해. 그래도 해보고 싶다고. 하고 싶은 거라고 말해!'

마음속에서 작은 내가 소리치고 있었다.

'포기하지 마. 이대로 포기하지 마!'

하지만 실제로는,

"아니, 그런 게 아닌데……."

입에서 나온 소리는, 기죽고 나약한 변명 같은 대답이었다. 이 이상 부정당하는 것이 무서워서, 결국 나는 그 장소에서…… 아니, 아니, 나는 내 꿈에서 도망쳤다. 누군가로부터, 나 자신으로부터 도망치기만 하는 인생이었다.

하이힐을 신고 휠체어를 밀다

38

열아홉 살에 집을 나오다

남편과 만난 것은 그런 무렵이었다. 내가 아르바이트를 하던 곳에 손님으로 온 그에게, 나는 인생에서 처음으로 첫눈에 반한 것이다.

눈꼬리가 긴 큰 눈. 높은 코. 반팔 티셔츠 아래로 뻗어 나온 팔은 현장 일로 근육이 잘 발달해 있었다. 그리고 말수가 적은 것도 매력이었다.

망설였다. 오늘 여기서 뭐라도 하지 않으면 다시는 만날 수 없을지도 모른다. 그렇다고 내가 먼저 남자에게 말을 거는 것은 이제까지 한 번도 해본 적이 없다. 어떡해, 어떡하지. 그러다 드디어 결심했다.

"나, 저 사람한테 같이 밥 먹자고 해야겠어."

갑작스러운 내 말에 놀란 동료는,

"뭐? 진짜?"

라고 눈이 휘둥그레질 만큼 놀랐지만, 그의 친구의 주의를 끌면서 내가 연락처를 전달할 수 있게 도와주었다.

그리고 그날부터 바로 사귀기로 했다.
그때의 나는, 어떻게 하면 이 집에서 탈출할 수 있을까, 그것만을 생각하고 있었다.
집을 나가고 싶어. 무조건 나가고 싶어.
그렇지만, 집을 나갈 대의명분이 떠오르지 않았다.
어떤 이유여야 부모님이 납득하고, 완벽한 탈출을 할 수 있을까. 날이면 날마다 집을 나가는 방법에 대해서 생각했다.
그리고 마침내 번뜩 생각이 떠올랐다.

'그래, 임신하면 되잖아!'

당시 나는 18살. 법률적으로 결혼이 가능한 나이였다. 임신은 결혼을 할 수 있는 이유가 된다. 그러면 집을 나갈 수 있다! 자유로워질 수 있다! 나답게 살아갈 수 있을지도 모른다! 이 얼마나 기발한 생각인가!
이렇게 된 이상 서두르기로 했다. 만난 지 3개월째가 될 즈음 그를 불러냈다.
"있잖아, 할 말이 있어."
"뭔데?"

하이힐을 신고 휠체어를 밀다

"나는, 우리 집에서 나가고 싶어."

"응?"

"그러니까, 나랑 결혼해주지 않을래? 먼저, 나를 임신시켜 줘."

"뭐?"

순간 정적이 흘렀다. 지금 생각해보면 당시 그는 21살. 지금의 료카보다 어리다. 내가 부모님의 입장이었어도 펄쩍 뛸 소리다.

그러나 그는 짧게 한마디만 했다. "알겠어."라고. 포섭 성공.

그러나 힘든 것은 거기서부터 다시 시작이었다. 임신 소식을 전하자, 부모님은 당연하게도 격분하셨고, 어떻게든 나를 붙잡으려고 하셨다. 때로는 타이르고, 때로는 때리고, 때로는 선인장을 던지기도 했다. 그래도 필사적으로

"결혼할 거야!"

라며 고집을 꺾지 않았다. 내가 자유롭게, 나답게 살아가기 위해서는, 이 방법밖에 없어. 이 기회를 놓칠 수 없던 나는 필사적이었다.

그리고 마침내, 1999년 2월. 눈이 내리는 어느 날, 우리는 결혼식을 올렸다. 나 19살. 남편 22살.

"축하해!"

"축하해!"

결혼식에 찾아와 준 고등학교 친구들, 친척분들 모두 축하의 말을 건네주었다. 하지만 나는 그것을 어쩐지 남의 일처럼 듣고 있었다.

"오리에, 행복하니?!"

사촌오빠가 인터뷰 흉내를 내며, 마이크를 든 손을 내밀었다.

'행복하냐고? 나는 행복한 걸까……'

문득 내 마음을 알 수 없게 되었다. 이것은 내가 바라던 것이다. 그렇게 큰 반대를 무릅쓰고 기어코 손에 쥔 자유행 티켓이다.

그런데 왜? 무언가가 가슴을 무겁게 짓눌렀다.

남편과 둘이 메인테이블에 앉으며 생각했다. 차례로 나오는 프랑스 요리를 먹으면서 생각했다.

그리고 식이 하이라이트로 접어들었고, 클라이막스의 빅 이벤트. 부모님께 드리는 편지를 읽는 시간이 되었다. 천천히 일어나 마이크를 손에 들고 편지를 펼쳤고, 나는 며칠에 걸쳐 쓴 편지를 읽기 시작했다.

"아버지, 엄마. 오늘까지 19년간 키워주셔서 감사했습니다. 그리고……"

아, 그렇구나. 이제야 알게 되었다. 나는, 사과하고 싶었던 것이다.

그것을 깨닫자, 하염없이 눈물이 뺨을 타고 흘러내렸다.

"그리고, 좋은 딸이 아니어서 죄송해요. 아버지, 엄마가 바라는 딸이 되지 못해 죄송해요."

편지는 이제 필요 없었다. 사실은 좀 더 같이 살고 싶었다. 좀 더 사이좋게 지내고 싶었다. 좀 더 아버지, 엄마를 기쁘게 해드리고 싶었다. 좀 더, 좀 더 해드리고 싶었던 것들이 셀 수 없이 많았는데……. 그렇게 할 수 없어서, 죄송해요.

그래도, 이제 나는 돌아가지 않을 거니까. 눈물과 함께, 후회하는 마음을 흘려보냈다. 나는, 이곳에 다시는 돌아오지 않겠다고 다짐했다.

39

외톨이였던 임산부 생활

몇 개의 상자와, 새로 맞춘 가구와 함께, 당시 남편이 자취를 하고 있던 임대 아파트에서 신혼생활을 시작했다.

결코 넓다고 할 수는 없었지만, R자의 유리블록으로 만들어진 큰 창이 특징인 실내는, 전등을 켜지 않아도 밝아서, 나는 매우 마음에 들었다.

당시는 지금처럼 인터넷 환경이 발달하지 않았던 터라, 임신과 관련된 중요한 정보 수집은 매달 가는 산모 건강검진이나 '베네세'에서 발매하는 출산준비 잡지 〈타마고클럽〉을 읽는 것이 고작이었다. 적어도 나는 그랬다.

사람을 사귀는 일에 너무 서툴러서, '프리 마마'(이제 곧 엄마가 되는 여성)들끼리 친구가 되지 못했던 나는, 〈타마고클럽〉의 정보가 전부였다. 지금 개월 수의 아기는 어떤 상태인지, 다음달, 다다음달의 아기는 어떻게 되는 걸까…… 같은 생각을 하면서, 하루에도 몇 번씩, 매달 너덜너덜해질 때까지 반복해서 읽고는, 아이의 성장을 상상했다.

사실은, 그것밖에 할 일도 즐거움도 달리 없었다. 그때 살던 오사카시에는 당시 친구는커녕 아는 사람도 없고, 낮에는 누구와도 말하는 일도 없이, 오로지 남편이 돌아오기만을 기다리는, 그런 생활을 하고 있었다.

"다녀왔어."

기다리던 남편이 돌아왔다.

"어서와! 늦게까지 고생 많았어! 저녁 차릴게."

시간만큼은 넘치게 많았다. 재료 손질부터 정성스럽게 만든 오늘의 저녁 메뉴는, 남편이 제일 좋아하는 돈까스와 호박조림, 채 썬 양배추와 건더기 가득한 된장국. 나는 서둘러 소파에서 일어나 부엌으로 갔다. 그때 거실로 들어서던 남편의 휴대폰이 울렸다.

"여보세요. 네. 아, 알겠습니다. 네."

전화를 끊은 남편은, 벗어둔 작업복을 아무렇게나 세탁기에 집어넣더니, 집에서 입는 옷이 아니라 청바지로 갈아입었다.

"어디 가?"

사실은 알고 있었지만, 묻지 않을 수 없었다.

"**대타**(선배 대신에 파친코를 치는 것)."

남편은 그렇게 대충 한마디 내뱉었다. 저녁 식사 준비를 시작하던 손을 멈췄다. 예상대로의 대답에 노골적으로 싫은 표정을 지어 보이는 내게,

"어쩔 수 없잖아. 부르면 가야지."

지지 않고 남편도 싫은 표정을 지어 보였다. 그것은 나에 대한 것인지, 전화를 건 사람에 대한 것인지 알 수 없었다.

"언제 돌아와?"

"몰라."

조금 초조한 듯이 현관문을 열고, 남편은 나갔다. 나는 닫힌 문과, 한 켤레만 놓인 내 운동화를 한참 동안 바라보고 있었다.

'아, 외롭다.'

나는 그 말을 하지 못한 채 꿀꺽 삼켰다. 이것은 내가 선택한 인생이다. 그렇게 몇 번이나 자신을 타일렀다. 테이블 위에는 된장국이 두 개, 조용히 식어가고 있었다.

본가에서 나오기만 하면, 행복해질 줄 알았다. 내 인생을 살 수 있을 거라고 믿었다. 하지만 현실은 아무것도 변하지 않았다. 나는 변함없이 외톨이였다. 결국 어디를 가든, 나는 나였다. 어쩐지 그런 예감이 들기는 했지만, 외면하고 있었다.

나는 나로 있는 한, 분명 행복해지지 않을 것이다. 아무리 환경을 바꾸어보아도 같을 것이다. 내가 변하지 않으면 아무것도 변하

하이힐을 신고 휠체어를 밀다

지 않을 것이다. 그것만은 알았다. 그저 어떻게 하면 되는지, 그때의
나는 몰랐다.

40

나에게 있어서 일이란 무엇일까

어떻게 하면 지금보다 잘 살 수 있게 될까, 행복해질까, 생각만 했다. 그러나 그런 일상 속에서 한 가지 전환점이 된 일이 있었다. 취직이었다.

료상을 출산한 후, 료상이 뇌성마비 판정을 받고는 치료보육원에, 2살부터는 보육원에 다니기 시작하면서 나는 취직을 하게 되었다.

아침 9시 반 출근, 저녁 5시까지의 풀타임. 휴일은 평일 하루와 일요일. 자전거로 편도 40분이 걸리는 곳이었다.(게다가 굳이 노멀 자전거로 다이어트까지 일석이조)

아이가 어리면, "가사와 육아를 병행하기 힘들지요?"라는 말들을 하지만, 나에게 있어서 일한다는 것은, '엄마라는 역할로부터의 해방'을 의미하는 것이 되었다.

'료카 군의 엄마'도 아니고 '하타케야마 군의 부인'도 아니고, '하타케야마 오리에'라고 하는 한 사람의 인간으로 되돌아갈 수 있는 것, 그것이 일이었다.

사원들은 나를 포함해서 대부분이 육아 중인 엄마로, 여섯 살 연상의 선배와, 여러 명의 후배 모두 사이가 좋아서, 은근히 수줍음이 많은 나도 흔쾌히 받아들여 주었다. 업무 내용은 0살부터 6세까지를 대상으로 한 영유아용 능력개발교재의 판매로, 우리는 약속을 잡는 업무부터, 입회 전후 엄마들의 팔로우나 육아에 있어서의 멘탈 카운셀링을 담당하고 있었다. 고액의 상품이었지만, "교재도 그렇지만, 하타케야마 씨에게 육아 상담을 받을 수 있다면 결코 비싸지 않아요."라는 말을 듣는 경우도 있어, 내 육아 경험을 살리면서 일할 수 있다는 점에서 말로는 다 할 수 없는 행복과 보람을 느낄 수 있었다.

쉬는 시간에는 좁은 사무실에서 당시 유행하던, 빌리 블랭크스(Billy Blanks)의 다이어트 비디오를 보며 따라하거나, 쓸데없는 수다를 떨다가 돌아가는, 학교처럼 즐거운 장소였다.

엄마나 아내라고 하는 입장에서 신체적으로도 정신적으로도 분리되는 시간을 가질 수 있다 보니 마음의 여유가 생겨, 료상이나 남편에게도 상냥하게 대할 수 있게 되었다.

또, 일을 함으로써 누군가에게 도움이 되고, 사회에서 필요로

하는 사람이 되었다는 기쁨을 느낄 수 있어, 스스로에게도 조금씩 자신감이 생기게 되었다.

이렇게 살아가는 세월이 정신을 차리고 보니 12년. 아득하게 일하고 있었는데, 차츰차츰 어떤 의문이 내 마음을 채우고 있었다.

'마음은 편안해. 그리고 나쁘지 않아. 그런데, 나 정말 이대로 괜찮은 걸까.'

5년 후에도, 10년 후에도 여기서 이렇게 살아가고 있을까.

나에게 있어서의 일이란 무엇일까.

살기 위해 돈을 얻는 수단. 나는 정말로 그거면 되는 걸까. 다른 목적을 추구하면 너무 이기적인 걸까.

나라는 존재가 누군가에게 도움이 될 만한 일은 없을까.

아무 일도 없이 지나가는 나날에, 어딘가 불편함을 느끼기 시작했다. 아버지에게 암이 발견된 것은 그 무렵이었다.

하이힐을 신고 휠체어를 밀다

41

아버지와의 마지막 대화

"아버지, 식도암이래. 4기."

전화기 너머 엄마의 목소리가 떨리고 있었다.

"뭐?"

의료에 대해서는 전혀 알지 못하는 나로서도, 그것이 무엇을 의미하는 것인지 알 수 있는 숫자였다.

4기, 바꿔 말하면 말기 암.

- 수술은 어렵다.

- 시한부 선고를 받을 가능성이 있는 상태

"평소처럼 아버지랑 종합건강검진을 갔다가, 돌아오는 길에 호텔 런치를 먹으려고 했는데, 너무 큰 소식을 들어버렸어……."

"그랬구나."

고개를 떨어뜨리는 엄마와는 대조적으로, 어딘가 확 실감이 나지 않는 냉정한 내가 있었다. 나는 마음속으로 '아픈 분이 엄마였다면 느낌이 다르려나'라는 생각을 하다가, 또 이런 때에 그런 것을 생각하고 있는 내가 너무 냉혹한 것일까 생각하면서 머릿속이 뒤죽박죽이었다.

아버지는 곧 돌아가시는 것일까. 그것이 무엇을 의미하는 건지, 서른세 살의 나는 몰랐다. 나에게 그렇게도 거대했던 아버지는, 수술과 항암제의 부작용으로 볼 때마다 작아지고 있었다.

소방관으로서, 위험한 장소에도 씩씩하게 달려가던 아버지였지만, 그 무렵에는 현관으로 이어지는 집 앞의 완만한 계단조차도 혼자서는 오를 수 없게 되었다. 내가 알고 있던 아버지는 더 이상 없었다.

"아버지, 같이 올라가요."

"아, 고맙다."

"아버지, 갑시다. 하나, 둘! 하나, 둘!"

나는 아버지의 벨트를 들고, 말을 걸면서 한 계단 한 계단 아버지를 들어 올렸다. 그래도 그 무거움을 느끼지 못했다.

또, 내가 운전을 할 줄 알아서 아버지가 가고 싶다고 하는 곳에는 어디든지 차로 모시고 갈 수 있었다. 그런 상황에 어울리지 않게 '아, 이제야 나는, 아버지에게 도움이 되고 있는 건지도 몰라.' 라

하이힐을 신고 휠체어를 밀다

는 생각도 했다.

집을 뛰쳐나오고 15년간, 아니 태어났을 때부터 계속 있었을지도 모르는, 나와 아버지 사이에 있던 거대한 틈을 메꾸는 느낌이었다.

아버지는 완고하게 치료를 계속하려고 했다. 아버지는 살기 위해 필사적이었다.

누가 봐도 그때의 아버지에게는 치료를 계속해나갈 체력이 남아 있지 않은 것이 분명했는데도 불구하고. 싸워야만…… 해. 그만둔다는 것은, 죽음을 받아들인다는 것. 아버지가 자신과 싸우고 있는 것을 모두가 알고 있었다. 그런 아버지의 모습에, 엄마는 홀로 눈물을 흘리고 있었다.

"체력을 보충하기 위해, 일단 호스피스 병원에 들어가 쉬지 않으시겠어요?"

유일하게 아버지가 신뢰하고 있던 한방의학 선생의 말을 아버지는 어떤 기분으로 듣고 있었을까. 2월, 아버지는 호스피스병원 입소를 결정했다.

그런 어느 날, 엄마로부터 전화가 왔다.

"오리에, 오늘은 엄마가 오전 중에 차마 뺄 수 없는 일이 있어서, 미안한데 혼자 먼저 아빠한테 가 있어 줄래?"

내가 아버지와 단둘이 있는 것을 꺼린다는 것을 알고 있던 엄마는 미리 전화를 해주었다.

"알겠어."

그리고 나는 처음으로 그날, 혼자서 아버지의 병실로 향했다.

집에서 병원까지는 차로 40분이 걸렸다. 주차장에 차를 세운 후 곧바로 병원 엘리베이터에 타고, '완화케어 병동'이라고 적힌 층을 눌렀다.

띠링.

작은 소리가 나고, 문이 열렸다.

평소에는 엄마와 걷는 햇살이 좋은 넓은 복도를, 나는 혼자 걸어갔다. 누구와도 스치지 않은 채 오른쪽에 걸려 있는 큰 벚꽃 그림 앞을 지나갔다.

똑똑.

노크를 한 후, 새하얀 미닫이문을 밀자 아버지는 침대에 누워 있었다.

"왔어요~."

최대한 밝게 말을 걸었다. 아버지는 나를 돌아보자

"아, 오리에구나."라고 말하고는 이내 덧붙였다.

"살 빠졌네."

하이힐을 신고 휠체어를 밀다

아무래도 기억 속의 아버지와 눈앞의 아버지를 비교하지 않을 수가 없어서, 몇 번을 만나도 낯설었다.

나는 아버지 옆에 걸터앉아,

"어때요?"라고 말을 걸었다.

단둘의 대화는 익숙하지 않아서, 조금 어색했다. 무슨 말을 해야 할지 몰랐다.

"화장실이, 조금 힘들구나."

구체적으로 무엇이 조금 힘든지는 묻지 않기로 했다.

"그렇구나. 지금은 도와드릴 거 있나요?"

그렇게 말하면서, 병실 안을 빙 둘러보며, 일단 손을 움직일 것은 없는지 살펴보았다.

"아, 거기 정리 좀 해줄래?"

아버지는 세면대를 가리켰다.

아버지는 확신의 A형이라고 생각될 정도로 엄청 꼼꼼하다. 아버지의 집 방도 항상 깨끗하게 정돈되어 있었고, 소지품 하나하나에도 정갈한 글씨로 이름이 적혀 있었다. 꼼꼼한 아버지 마음에 들도록 최대한 신경을 써가며 정리를 했다.

세면대 옆에는 큰 창문이 있어, 오후의 햇볕이 따뜻하게 비추고 있었다.

"오리에, 잠깐 여기 좀 와 봐."

아버지가 침대 끝을 툭툭 한 손으로 쳤다. 앗, 뭐지. 몸이 조금

삐걱댔다.

"응, 무슨 일이에요?"

나는 아무렇지 않은 듯한 얼굴을 하고 침대 옆의 동그란 의자
에 앉았다. 아버지는 갑자기 내 손을 잡고, 이렇게 말했다.

"오리에. 많이 컸구나."

뭐라고 말하면 좋을지 몰라서, "응……" 하고 고개를 끄덕였다.

아버지는, 잠시 그대로 내 손을 바라보면서 천천히 말을 이어갔
다.

"네가 딸이어서……, 좋았다."

'응?'

놀라서 나도 모르게 아버지의 얼굴을 바라보았다. 아버지의 손
은, 마른 몸과는 언밸런스할 정도로 두껍고 크고 따뜻했다.

아버지는 계속했다.

"료카에게 장애가 있다는 걸 알았을 때는 하늘이 무너지는 줄
알았는데, 여기까지 잘 키웠구나. 아버지랑 엄마였으면 아마 이렇게
까지 잘 키우지는 못했을 거야. 오리에는 잘 해내고 있어."

아버지는 웃고 있었다.

그것은 어릴 때부터 계속, 계속 듣고 싶었던 말이었다.

하이힐을 신고 휠체어를 밀다

'너는 잘 해내고 있다'

생각해 보면 그저 그 한마디를 듣고 싶었던 인생이었다. 부모님에게 인정받고 싶어. 좋아한다고 듣고 싶어. 채워지지 않는 기대는 때로는 의존, 때로는 거절로 형태를 바꿔가면서도 결코 내 안에서 사라지는 법은 없었다.

"응, 고마워요."

창문에 비친 나는, 나 스스로도 놀랄 정도로 기쁜 얼굴을 하고 있었다.
이상하게도 눈물은 나오지 않았다.
그저 마음속 깊은 곳에서부터 진심으로 기뻤다.

그로부터 두 달 뒤의 봄날, 그 말을 남기고 아버지는 벚꽃이 되었다.

이날까지의 나는, 분노를 에너지로 바꾸어, 그저 아버지에게 나의 힘을 증명하고 싶다는 일념으로 료카의 육아에 힘써왔다.
한편으로는, 위엄이 있었고, 존경스러웠고, 그렇기 때문에 거리가 있었다. 그런 아버지에게 인정받았다는 것은, 앞으로 내가 나로서 계속 살아가도 된다고 힘을 실어주는 듯한 기분이 들었다.

억울함은 곤란을 이겨내는 에너지로, 인정받은 기쁨은 내일을 살아가는 에너지가 되었다.

만약 아버지가 아직 살아계셨다면, 나는 이 말을 듣지 못했을지도 모른다. 그렇다면 오늘의 나는 다른 인생을 걷고 있을지도 모른다.

하지만 아버지는 내게 잘해내고 있다고 말해주고 돌아가셨다. 그리고 지금의 내가 있다. 그렇다면, 지금의 내가 할 수 있는 것을 최대한 열심히 해나가자.

다시 한 번, 살아가 보자. 벚꽃잎이 아름답게 흩어져 내리는 가운데, 나는 그렇게 생각했다.

하이힐을 신고 휠체어를 밀다

42

처음으로 나를 위해 돈을 쓰다

아버지가 돌아가시고 나서 수개월이 지났을 때 엄마로부터 한 소식을 전해 들었다.

"이거, 아버지가."

바로 아버지가 내게 남긴 유산이었다.

그것은 고급 이불 몇 채를 사면 없어질 금액이었지만 큰돈임에 는 틀림없었다. 평소의 나라면, 바로 몽땅 저금했을 것이다. 그러나 이번에는 달랐다. '저금하지 말고, 나를 위해서 써볼까?' 처음으로 그런 생각이 들었다.

지금까지, 나 스스로를 위해 돈을 쓸 때면 항상 망설여왔다. 자 신에게 투자하는 건 헛된 일이 아닌가. 모처럼 생긴 돈을 나한테 써버려도 되나. 나에게 투자할 자신이 나에게는 없었다.

하지만, 그날 아버지와의 대화로, 내 안에서 무언가가 바뀌었다.

나에게 투자해볼까. 태어나서 처음으로 그렇게 생각했다.

그렇다고 해서, 전혀 다른 어딘가에 투자할 용기는 없었다. 때문에 여러 가지로 고민한 결과, 당시 일하고 있던 유아교육 일에 써보기로 했다. 자택 또는 의뢰자의 가정에서 아이를 돌보는, 재택 보육에 필요한 지식 및 능력을 증명하는 민간자격증인 '차일드 마인더' 교육에 대해 배워보기로 한 것이다.

다른 사람에게 주는 선물이라면 몰라도 나에게 들이는 돈이라면 기껏해야 수십만 원 정도밖에 쓸 줄 몰랐던 당시의 나다. 처음으로 나만을 위해 거금을 지불하다니 몹시 긴장됐다.

헛되지 않게 열심히 해야지. 또 평소의 '열심히 하는 나'가 두리번두리번 얼굴을 내밀려 하고 있었다.

그런데, 이 결단이 비늘처럼 얇지만 겹겹이 쌓여 나를 단단히 감싸고 있던 갑옷을 벗겨버릴 줄은 그때의 나는 꿈에도 생각하지 못했다.

하이힐을 신고 휠체어를 밀다

43

나다움이란 무엇인가

거금을 들인 '차일드 마인더' 수업이 드디어 시작되었다. 우메다의 정중앙에 있는 빌딩, 그중 한 교실에 나를 포함한 일곱 명이 모였다. 지금부터 일주일에 한 번, 반년 동안 배움을 함께할 동료들이다.

마지막으로 교실에 들어온 이는 미치시마 선생님이었다.

"나는 고양이랑 사마귀를 좋아해요."라고 말하는 시원시원한 말투와 입을 크게 벌리고 웃는 미치시마 선생님은, 첫인상만 봐도 인기 강사일 것 같은 여성이었다. 날카로운 관찰력과 상대를 존중하는 자세가 느낌이 좋았다.

나는 첫날, 이 반년이 얼마나 즐거운 시간이 될지 상상하며 설레고 있었다. 그리고 그 예감은 틀리지 않았다.

도대체 왜 지금의 '나'가 되었을까. 생각해 본 적이 있는가.

수업에서는 주로 자녀나 부모의 심리도 배우지만, 뜻밖에도 '나'의 어린 시절이나, 나의 부모님에 대해서도 되돌아볼 기회가 여러 번 있었다. 나, 그리고 부모님 각각의 성장 과정을 알고 있는 범위 내에서 적어보는 것이다. 나는 먼저 부모님의 과거를 돌아보기로 했다.

\<아버지\>

- 초등학생 때 자신의 아버지를 잃었다.
- 어머니와 한 살 아래의 남동생이 있었다.
- 공부를 잘했지만, 한 살 아래의 남동생을 대학에 보내기 위해 자신은 진학을 포기하고 일을 하기 시작했다.
- 한동안 샐러리맨이었지만, 소방시험에 합격하여 소방관이 되었다.
- 대졸자들에게 둘러싸여 있었지만, '노력과 근성'으로 대졸자들을 밀어내고 승진을 거듭했다.

\<엄마\>

- 열 살 터울의 언니와 엄마 두 자매.
- 아버지를 일찍 여의었다.
- 아버지는 차분하고 위엄 있는 느낌의 사람이었다.
- 결혼 전에는 회계사무소에서 일했었다.
- 신혼여행에서 돌아온 날 어머니를 여의었다.

"사람이 그렇게 되는 데에는, 그럴 만한 이유가 있는 거거든요."

커다란 화이트보드 앞에 걸터앉은 미치시마 선생님이 그렇게 말했다.

"예를 들어, 되고 싶은 사람이 실재하는 경우는 좋습니다. 하지만 실재하지 않는 경우, 인간은 이상을 상상으로 추구하고, 과도하게, 지나치게, 심하게 몰아가는 경우가 있습니다."

또 선생님은 이렇게 계속했다.

"옆에서 보고 있으면, 이 사람이 무슨 말을 하는 거지? 라든가, 의미를 알 수 없는 행동을 하는 경우는 없었습니까. 하지만, 우리는 몰라도, 본인은 본인 나름대로 그럴 만한 이유가 분명히 있다는 거예요."

이 가르침이, 오랜 세월의 고통으로부터 나를 구원해 주었다.

44

그 누구도 나쁘지 않다

나는 내가 쓴 것을 바라보면서, 아버지에 대해 전해들었던 이야기를 떠올리며 상상해 보았다.

아버지는 어렸을 때 아버지를 여읜 이후로 어린 마음에 '강해져야만 해, 즐기고 있을 여유 따위는 없어. 가족을 지켜야 해.'라고 다짐하며 애를 쓰며 살아온 것은 아닐까.

엄마도 일찍이 아버지를 여의었다. 두 분 다 애초에 아버지와의 추억이 별로 없다. 실재하는 모델이 없고, 각자의 가정환경에 의해 '아버지'라는 이미지가 '강하고 위엄 있는 아버지'에 극단적으로 기울어져 있었던 것은 아닐까.

뭐야……. 그렇다면, 그런 두 사람 사이에서 자란 내가 이렇게 된 건 어쩔 수 없잖아. 그 누구도 나쁜 게 아니잖아.

그것을 깨달았을 때의 충격은…… 별로 없었다. 드디어 나를 괴롭히던 마음이 떨어져 나가는구나. 그런 느낌이었다.

"사람이 그렇게 되는 데에는, 그렇게 되는 이유가 있고, 사람이 그렇게 하는 데에는 그렇게 하는 이유가 그 사람 나름대로는 있는 거예요. 비록 우리는 알 수 없다고 해도 그 사람에게는 그럴 만한 이유가 있어요."

선생님의 말씀이 마음에 툭, 떨어졌다.

절대적인 존재라고 생각했던 부모님도, 사실은 한 사람의 서투른 인간이었다. 그렇게 생각한 순간, 마음속 어딘가에서 줄곧 원망하고 있던 부모님도, 형편없다고 생각했던 나 자신도, 비로소 나는 용서하고 인정할 수 있었다.

45

동경하는 사람

잠깐 분위기를 바꿔보자. 사람들은 각자 동경하는 사람이나 존경하는 사람이 있을까? 나는 30대가 되어서 처음으로, '이런 사람이 되고 싶다!'라고 생각하게 된 여성을 만났다. 그녀는 스타일도 뛰어나서, 타이트스커트를 입고 긴 머리를 휘날리며 화이트보드를 쿵쿵, 두드렸다.

"그래서 당신은 어떻게 살아가고 싶나요?!"라고 물어봐 주는 전 프리랜서 아나운서 니시무라 미카 씨였다.

'대단하고 멋진 사람이네. 나도 저런 사람이 되고 싶어!'

회사를 그만두고, 나만이 할 수 있는 일을 모색하던 중, 어느 NPO 법인 활동의 강의를 통해서 미카 씨를 만났다. 어떻게 해서든 가까워지고 싶었던 나는, 강의는 뒷전이고, 어떻게 하면 친해질 수 있을까만 생각하고 있었다.

'하지만, 나 따위가 말을 걸면 민폐겠지?'

'만약 말을 건다고 해도, 차 한 잔 마실까요, 라든가, 그런 시간을 달라고 할 수는 없겠지?'

'거절당하는 게 당연하겠지만, 막상 진짜 거절당하면 충격이겠지……'

우물쭈물 머릿속에서 상상만 반복하다, 결국 강의 마지막 날이 되고 말았다.

그리고 그렇게 마지막 강의도 끝나버렸다. 선생님이 강의실을 나가 화장실로 향했다. 그 등을 바라보며, '으으으음! 깨지더라도 부딪쳐보자. 나중에 말 한 번 못 걸었다고 후회하는 것보다, 말하고 후회하자!'

나는 의자를 쾅! 박차고 일어나 달리기 시작했다.

"미카 선생님!"

화장실 문을 막 닫으려던 미카 씨의 등 뒤에서 말을 걸었다.

"네?"

벌써 몸이 반쯤 화장실에 들어가 있던 선생님을 향해 열심히 내 마음을 전했다.

"저, 미카 선생님이 너무 좋아요! 혹시 실례일지도 모르겠지만 또 저랑 만나주시겠어요?"

혼신의 고백이었다. 심장이 두근두근. 인생에서 처음 고백을 하는 중학생 같은 기분이었다.

미카 씨는 피식 웃으시더니,
"오리에 씨. 그럼요. 그 전에 화장실 볼일 좀 마쳐도 될까요?"

"헉! 죄송합니다!"
그런 것도 눈치 못 채고 붙잡고 있었다니……. 쿵, 하고 닫힌 문을 멍하니 바라보고 있었다.

한숨 돌리다 보니, 마음 속에 '그럼요'가 스멀스멀 피어올랐다.
"아싸!!!"
혼자서 승리의 포즈를 취했다.

그로부터 며칠 후 다시 한 번, 카페에서 차를 마실 시간을 얻었다. 뿐만 아니라, 장래에 장애아 교육에 종사하고 싶다는 나에게, 선생님이 운영하는 'cocohug 어린이집'에서 발달에 어려움이 있는 아이들을 대상으로 치료교육을 담당하는 기회도 얻을 수 있었다.
현재 하고 있는 활동까지 이어지는 큰 한 걸음을 내딛는 계기가 된 미카 선생님과의 만남. 그날 용기를 내서 화장실까지 쫓아간 나, 참 잘했다!

하이힐을 신고 휠체어를 밀다

그렇게 되고 싶으면 따라해 보겠다

남들이 동경하는 사람처럼 되고 싶다. 하지만 나 따위가 그렇게 될 수 있을까? 라고 나 스스로를 과소평가하던 때가 있었다.

하지만, 사실은 그렇게 될 수 있는 간단한 방법이 있었다.

그냥 따라해 보는 것이다. 몸짓이나 말투, 패션이나 화장. 외면도 내면도 따라해 보는 것이다. 그렇게 하다 보면 점점 나도 원하는 모습으로 되어 간다. 처음에는 솔직히 부끄럽다. 하지만 해보니 이게 즐겁다.

어떻게 하면 바꿀 수 있을지 모르겠는 나는, 먼저 미카 선생님의 말버릇을 따라해 보는 것으로 시작했다.

"나는 이렇게 생각해."

어릴 때부터, 내가 아니라 다른 누군가를 우선시하는 것이 당연했다. 그러나 미카 선생님의 말, "나는 이렇게 생각해요."라고 하는 말을 들었을 때, 정말 상냥하다고 느껴졌다.

예를 들어, 누군가와 생각이 다를 경우, 자신의 생각이 '부정당했다'라고 느낀 적은 없는가. 부정까지는 아니더라도, '내 생각이 틀렸다', 그렇게 느낀 적은 없는가. 나는, 있었다. 계……속 그렇게 생각해왔다.

'남들과 생각이 다른 나는 역시 인정받지 못하는구나.' 라고 생각해왔다. 하지만 애초에 아무도 그런 식으로 말한 것이 아니었다. 나는 내 의견을 상대에게 전하기도 전에, 혼자서 그렇게 느끼고 포기하거나 상처를 받았다.

그런 나에게 있어서 "나는 이렇게 생각해"라고 하는 말이 가진 힘, 자신의 기분도 상대방의 기분도 소중히 할 수 있는 이 말은, 금언과도 같았던 것이다.

"○○ 씨는 그렇게 생각하는군요. 그런데 저는 이렇게 생각합니다."

비록 의견이 달라도 이 말을 사용함으로써, 상대를 부정하지 않고, 또한 두려워하지 않고 나의 의견을 전달할 수 있게 되었다.

이렇게, 여러 만남을 거치면서 나는 조금씩 '싫은 나'에서 '되고 싶은 나'로 성장해갔다.

하이힐을 신고 휠체어를 밀다

47

이미 가지고 있다

'나에게는 아무것도 없다.'

철이 들었을 때부터 나는 나 자신을 그렇게 생각하고 있었다.

성적은 평균. 그림을 그리는 것이나 책을 읽는 것은 좋아하지만, 화가나 소설가가 될 재능이 없다는 것 정도는 알고 있었다. 무언가 빼어나게 잘하는 것도 없을 뿐더러, 맹렬하게 열정을 쏟을 정도로 좋아하는 것도 없었다.

어릴 때부터 어른들의 눈치를 보며 '혼나지 않기' 위한 선택만 해왔기 때문에 스스로 선택을 해서 성공한 경험도 없고, 실패를 딛고 성장한 경험도 없다.

한편 SNS를 보면, 다들 정말 대단하다고 생각한다. 각자 잘하는 것이나 좋아하는 것을 당당하게 올리고, 엄청난 수의 '좋아요'와 칭찬하는 댓글을 받는다.

그래서, 움츠러들었다. 그럼 안 보면 되잖아 하겠지만, 전혀 무관심할 정도로 마음이 강하지도 않다. 그런 나 자신이 한심하다.

그런 때에 나는 한 심리학을 배우는 곳에서 이런 말을 들었다.

"오리에 씨는 이미, 가지고 있는 거 아니야?"

"이미 가지고 있다고?"

"응. 없는 게 아니라, 있다고."

"없는 게 아니라, 있다…… . 뭐가요?"

"뭐냐 하면 말이지…… ."

답은 내 안에 있으니, 스스로 생각해야 한다고 했다.

나에게는 아무것도 없는 게 아니라, 이미 갖고 있는 것이 있다?

내가 가지고 있는 것이란, 무엇일까?

잘 모르겠어서, 시간 순서대로 내 과거를 적어보기로 했다.

<유아기>

- 부모님에게는 올바름을 요구받아 왔다.

- 무조건 부정당하고 호통을 듣는 것이 일상이었다.

- 남과 비교당하는 경우가 많았다.

- 부모님은 나보다도 사회의 눈을 걱정하는 것처럼 보였다.

<청소년기>

하이힐을 신고 휠체어를 밀다

- 미움 받지 않기 위해서 자신을 위장하기에 바빠서, 결과적으로 마음을 터놓을 수 있는 친구가 별로 없었다.
- 중학교 때는 2년간 따돌림을 당했다.
- 자존감이 바닥이었다.
- 남자친구가 생길 때마다 심하게 의존했다.

<결혼 후>
- 료카가 뇌성마비. 육아에 매달렸다.
- 처음에는 료카가 귀엽다는 생각이 안 들어서 초조했던 적도 있다.
- 츠카사를 임신했을 때, 또 장애가 있으면 어떡하지? 라고 생각하니 조금 무서웠다.
- 만약……

'아.'

여기까지 써내려가던 나는 깜짝 놀랐다.

'이미 가지고 있다는 건 혹시, 이걸 말하는 건가?'

내가 지금까지 경험해 온 것, 느껴온 것 전부가, 내가, 나만이 가지고 있는 것인가?

그런가. 확실히 내가 걸어온 인생은, 나만이 경험한 것이다. 내 인생은 다른 사람들에게 자랑할 만큼 대단한 것은 아니다. 아마도 다른 사람들도 대부분 그렇게 생각하고 있을 것이다.

그러나 친구나 주변 사람들의 인생 이야기를 듣다 보면, 당사자는 아무렇지 않게 말하고 있어도 '대단하다', '멋있다'라고 느끼는 경우가 종종 있다.

어쩌면 그것이 내게도 적용되지 않을까. 나 같은 경험을 하지 않은 사람의 눈으로 보면, 나도 충분히 대단할지 몰라.

그렇게 생각하니 가슴이 두근거렸다.

힘들고 괴로운 경험을, 그대로 힘들고 괴로운 과거로 놔둘 수도 있다. 그러나 그런 과거도 스스로를 위해, 가족을 위해, 누군가를 위해 활용할 수 있다면, 그것은 괴로운 과거에서 벗어나 나에게 '선물'이 된다.

나는 이미 가지고 있었다. 줄곧 찾아왔던 '나다움'은, 사실은 처음부터 갖고 있었던 것이다. 당연한 듯 강하게 쥐고 있었기 때문에 깨닫지 못했다.

35살이 되어서야 겨우, 손바닥을 펼쳐 볼 수 있게 되었다.

48

너의 미래는 그 손안에

료카가 뇌성마비라는 것을 알았을 때, 스스로를 좋아하게 만들기 위해, 죽고 싶을 정도로 싫었던 내 과거의 경험을 역으로 이용했다. 나도 모르는 사이에 내가 '최악'이라고 생각한 경험을 최대한 활용했었다.

앞으로도 이 인생을 살려서, 료카뿐 아니라 희망을 갖지 못하고 살아가는 사람들에게 힘이 되고 싶다고 생각한다. 인생도, 일도, 육아도, 무엇을 하는가가 아니라, 무엇을 전달하고 싶은지가 중요하다. 자기만족이다, 착각이다, 자의식 과잉이다, 온갖 비웃음이 들리는 듯했다.

하지만, 그래도 괜찮다고 생각했다.

자신을 행복하게 해줄 수 있는 것은 자신뿐이다. 누구에게나, 무엇에게나 감사하는 마음을 가지고, 교만하지 않기. 일상이 당연하지 않다는 것을 잊지 않고 나에게 긍지를 갖고 살아가기.

내 경험을 최대한 살리는 인생을 모색해 나가면서, 인연이 되어 만나게 될 분들을 비록 단 한 사람이라도 웃게 할 수 있다면 훌륭한 것이 아닐까.

나는 처음으로 '내 인생이 최악이어서 다행이다'라고 진심으로 생각했다.

내가 특별해서가 아니다.

어떤 인생을 걸어왔든, 누구나 자신의 인생 경험을 살려 다른 누군가에게 도움이 될 수 있다.

지금 당장이 아니어도 좋다. 작은 것이어도 좋다. 언젠가 자신의 인생을 무언가의 형태로 누군가를 위해서 활용할 수 있다면, 다른 사람도, 과거의 나도 웃게 할 수 있다. 그것이야말로 '나로서 살아가는 것'이 아닐까.

어려운 것은 아무것도 없다. 해야 하는 것은 단 두 가지.

- 가지고 있다는 것을 깨닫는 것
- 행동하는 것

물론 해도 좋고, 안 해도 좋다.

왜냐하면 우리는 내 인생을 어떻게 살아갈지 스스로 선택할 수 있으니까.

그러나 나는, 이 바턴을 이어가기로 결심했다.

나는 이 바턴을 붙잡고, 오늘의 내가 비록 멋지지 않아도, 눈물을 뚝뚝 흘리면서도 살아가려고 발버둥치는 이 삶을, 나만이 할 수 있는 방법으로 미래를 향해 나아가고 싶다.

나는, 내가 좋다. 지금의 내가 최고로 마음에 든다.

당신에게

이 책을 읽고 있는 당신은, 지금 어떤 상황이나 환경에 처해 있는가. 외모나 학력을 친구들과 비교하거나, 주변으로부터 인정받지 못해 우울해하거나, 좋은 아이가 되기 위해 노력하거나, 하고 싶은 말을 참고 있는 10대일지도 모르겠다.

진로를 고민하고 있거나, 하고 싶은 일을 찾지 못해 초조해하거나, 부모가 신경 써주지 않아서 짜증이 날지도 모른다.

자해를 계속하고 멈출 수 없거나, 살아갈 희망이 없어서 괴로워하고 있을지도 모른다.

어쩌면 아직 아이가 어려서 대부분 아이를 돌보며 집에만 있어야 하거나, 육아를 잘하고 있는 게 맞는지 아이를 사랑하지 못해 고민하고 있는 엄마일지도 모른다.

아이의 장애로 인해 절망 속에 있거나, 사회로부터 단절된 고독을 느끼고 있을지도 모른다.

가족이 가사나 육아에 협력해주지 않거나, 다른 친구나 SNS에 올라오는 멋진 엄마들과 비교하며 우울해하고 있거나, 아무리 정리를 해도 집안이 엉망이어서 짜증이 나거나, 그저 묵묵히 혼자서 노력하고 있을지도 모른다.

어쩌면 항상 내가 아닌 누군가를 우선시하거나, 변명만 하는 나에게 질려 있을지도 모른다.

질병이나 부상과 싸우고 있거나, 장애와 함께 살아가고 있을지도 모른다.

남들과 다른 자신을 이해받지 못해 슬프거나, 상사나 부하와의 관계로 고민하고 있거나, 일이 잘 풀리지 않아 침울해하거나, 큰 상처나 후회를 안고 살아가고 있을지도 모른다.

사는 것은 즐거운 일만 있는 것은 아니다.

어쩌면 '사는 것을 포기하고 싶어졌다'는 사람도 있을지 모른다.

그래도 오늘 이렇게 이 책을 손에 들고 있다는 것은, 오늘까지 잘 살아왔다는 것이겠지.

당신을 만나서 기쁘다.

오늘까지 살아온 자신에게 긍지를 가지면 좋겠다.

인생은, 과거에 행복했던 사람이 그대로 행복한 인생을 계속 걸어가는 것이 아니라고 생각한다.

살다 보면 다양한 것이 있다.

나는 '행복한 것'보다도, '행복해지는 것'이 중요하다고 생각한다. '행복한 것'이란, 그 상태를 나타내는 것이지만, '행복해지는 것'은 주체적이고, 행동을 수반하는 것이다.

이루고 싶은 삶을 살기 위해 가장 필요한 것은 행동이다.

눈앞에 있는 한 가지 사실을 '어떻게 포착하여', '어떻게 행동할 것인가' 이 시점과 행동에 따라 인생의 방향은 180도로 바뀐다.

즉 우리는 자신의 의지에 따라 얼마든지 스스로의 인생을 빛낼 수 있다.

과거나 오늘이 행복하지 않아도 좋다. 전혀 문제없다.

오히려 그런 당신이야말로, 오늘까지의 경험을 활용해, 스스로를 제대로 행복하게 해주는 것이 가능하다.

당신의 경험은, 앞으로 당신이 만날 지금의 당신 같은 사람을 도와줄 것이고, 웃을 수 있게 할 엄청난 힘이 된다.

당신은, 그렇게 할 수 있다.

걱정하지 않아도 괜찮다.

당신은 누군가에게 도움을 받지 않아도, 제대로 스스로 행복해질 수 있다.

나는, 행동할 수 없는 내가 싫었다. 변할 수 없는 내가 싫었다.

누구보다도 변하고 싶다고, 이대로는 싫다고, 몇 년이나 그렇게 생각을 했으면서도.

불안했다.

한 발 내딛었을 때 이 이상 상황이 나빠지면 어떡하지. 후회하는 건 아닐까. 그런 불안이 앞서서, 행동하지 못하는 시간이 길어졌다. 그래도, '변하고 싶다'는 감정은, 잊을 만하면 꼭 다시 나타나서, 내 안에 피어올랐다.

'진짜 괜찮아? 이대로 괜찮아?'라고.

어느 날, 나는 동료와 '언젠가 해보고 싶은 것'에 대해 이야기하고 있었다. 여러 가지를 이야기한 후, 그런데 '돈이 없다, 할 수 있다는 보장이 없다, 아이가 있어서 시간이 없다', 그렇게 말하며 '할 수 없는 이유'를 죽 읊었다.

그러자, 그녀가 이렇게 말했다.

"그거, 몇 년 전에도 똑같이 말한 거 같은데, 10년 후에도 또 똑같이 얘기하는 거 아니야? 그럴 거면 차라리 지금 해보는 게 어때?"

확실히 그럴지도 모른다고 생각했다. '분명 지금 행동하지 않으면 5년 후에도, 10년 후에도, 나는 같은 이야기를 하고 있겠지'라고.

그렇다면, 지금 움직여보자. 앞으로의 일이 어떻게 될지는 모른다. 생각을 해봐도, 답은 나오지 않는다. 그러나 지금의 나 그대로 있기는 싫다!

거기서부터 회사를 그만두고, 무언가 해보자고 마음을 먹었다. 그래서 아무것도 없이 뛰쳐나와, 오직 '나만이 할 수 있는 것'을 찾기 위한 단 한 가지 마음으로 살아왔다.

물론, 오늘이라는 날에 도착할 때까지는, 차를 운전하다가도 갑자기 불안에 짓눌려 혼자 큰 소리로 울었던 적도 몇 번이나 있었다. 지나치는 차의 운전자가 놀란 얼굴로 쳐다볼 정도로.

그러나 그렇게 좌절하던 나에게, 계속 용기를 주던 말이 있었다.

그것은 차일드 마인더 강사 미치시마 선생님과의 소소한 대화에서 얻은 것이었다.

"나만이 할 수 있는 일을 찾고 있지만, 이거다! 하는 것을 아직 찾지 못하고 있어요."

그런 말을 하는 나에게, 수업을 마치고 돌아가는 길에 신호를 기다리면서 선생님은 이렇게 말했다.

"내 주변에 말이야, 꿈을 이룬 사람들이 있는데, 공통된 것은 모

하이힐을 신고 휠체어를 밀다

두 틀림없이 스스로 움직인 사람들이란 거야. 움직이면 달라지는 거야."

'움직이면 달라진다.'

깜짝 놀랐다.

'해보고 싶은 것이 있다면, 할 수 없다고 두려워해서는 안 된다. 잃을 건 아무것도 없지 않은가. 스스로 행동해서 기회를 잡자!'

그렇게 강하게 생각했다.

아버지와의 이별을 계기로, 의식하지 않고 움직인 적도 있었지만, 그날 이후부터는 헤맸을 때, 멈추어 섰을 때, 어쨌든 움직이는 것을 의식적으로 선택해 왔다.

행동은 물론이고, 자신의 마음도 움직이는 쪽을.

결과적으로, 잃은 것은 하나도 없었다. 오히려 당시에는 생각할 수 없었던, 높은 뜻을 가진, 행동력이 있는, 그리고 사랑이 충만한 훌륭한 친구나 지인을 만날 수 있었다. 그런 많은 분들과의 만남에 의해서 지금의 '나'가 여기에 존재하고 있다.

용기를 내어, 부딪쳐서 깨져도 좋을 정도의 감정으로, 한 번이면 된다. 무슨 일이든 좋다. 자신의 기분에 따라 솔직하게 행동해보라. 평소와는 다른 것을 해보라. '행동한다', '행동하지 않는다'는 물론 스스로 선택할 수 있다. 항상 똑같이 행동하지 않아도 좋다.

하지만 이 책을 우연히 보게 되신 거라면, 과감하게 '행동한다'

를 선택해보지 않겠는가?

인생을 움직이는 것은 당신 자신이다.

'언젠가 또……' 그렇게 생각한다면 '지금, 바로'.

당신이 포기하고 있었던 것은 무엇인가.

당신이 고민하고 있는 것은 무엇인가.

포기하지 않아도 될 좋은 방법은 정말로 없는가.

어떤 인생을 살아갈 것인지, 그것을 정하는 것은, 고르는 것은, 부모도 사회도 아닌 자기 자신이다. 자신이 생각하는 대로 살아가면 된다. 살아가는 의미나 이유가 반드시 있어야 한다는 것도 아니다. 있어도 좋고, 없어도 좋다. 예를 들어, 장애의 의미나 이유를 찾아내고 싶은 사람이 있는 반면, 그렇지 않은 사람도 있다.

지금은 없어도, 살아가는 동안 발견할 수 있을지도 모른다. 모르는 것은 모르는 채, 그대로 두어도 괜찮다. 그것을 찾는 것 역시 인생의 재미다.

장애가 있어도, 없어도, 우리는 세상에서 단 하나뿐인 소중한 인간이다.

'보통'이란 무엇인가? 보통이 되지 않아도 괜찮다.

'평범'이란 무엇인가? 반드시 평범한 누군가가 되지 않아도 괜찮다.

다른 사람과 비교하지 않아도 괜찮고, 모두와 똑같지 않아도 괜

하이힐을 신고 휠체어를 밀다

찮다. 자신만의 생각을 가져도 된다. 자신 그대로여도 괜찮지 않을까.

오늘까지 살아온 이 길은, 자신만이 전달할 수 있는 세상에서 단 하나뿐인 메시지다. 스스로 긍지를 갖고 살아가는 것이 누군가의 내일을 비추는 희망이 되는 것이다.

우리는, 다른 사람과 다르기 때문에 누군가를 지지하고, 누군가의 힘이 될 수 있다.

괜찮다, 우리는 스스로가 생각하는 것보다 100배 대단하다.

그곳에 빛이 없다고 생각한다면, 스스로 빛을 비추면 된다. 우리는 그렇게 할 수 있다. 우리는 분명, 자신이 생각하는 것보다 강하다.

그러니까, 제발 자신을 포기하지 마시길.

나는 완벽하지 않다. 당신도 완벽하지 않다.
그러나 당신만이 할 수 있는 것이 분명 있다.

이 책을 지금을 현명하게 살아가는 당신에게 바칩니다.
이 책이 당신에게 힘이 되어 당신이나 당신의 소중한 사람이 웃을 수 있기를 바랍니다.

에필로그

아버지께

천국에서 보고 계십니까.
아버지, 감사합니다. 사랑합니다.

어머니이자 한 여자이자 나 자신

지금으로부터 23년 전, 료카가 뇌성마비 진단을 받고 난 지 얼마 안 됐을 무렵 나는 어머니로부터 책 한 권을 선물 받았다.

오토타케 히로타다 씨의 《오체불만족》이다. 나는 며칠에 걸쳐 그 책을 읽었다. 오토타케 씨의 탄생부터 현재에 이르기까지의 인생을 담은 그 책을 다 읽었을 때, 뭐라고 말할 수 없는 가벼움을 느끼며 웃고 있는 자신을 깨달았다.

장애도, 사람도, 환경도 탓하지 않고, 오로지 앞을 향해 웃으며 강하게 살아가는 오토타케 씨의 삶이 굉장히 멋있었다.

동시에, 많이는 나오지 않았지만, 본문 중에 아들인 오토타케 씨의 시선으로 쓰인 어머니의 말이나 행동에서, 당시 스무 살밖에 되지 않았던, 료카의 어머니였던 나는 표현할 수 없을 정도로 큰 용기와 희망을 얻었다. 당시의 나의 육아 지침은 오토타케 씨의 어머니였다.

그런 나는 '언젠가 책을 내겠다'는 꿈을 품게 됐다. 나의 살아가는 방식이나 말로 누군가에게 용기를 줄 수 있고, 누군가의 길을 비추는 하나의 빛이 될 수 있고, 헤맬 때 손을 잡아줄 수 있는, 그런 책을. 내가 오토타케 씨의 책에서 살아갈 수 있는 힘을 얻은 것처럼.

그리고 2022년 7월, 유명 기업가이자 강연가인 나가마츠 시게히사 씨를 필두로 '스바루사'와 '츠타야', '치라요미'가 공동 개최하는 '일본 비즈니스북 신인상' 공모전이 있다는 것을 친구로부터 전해 듣고, 바로 응모했다. 300명이 넘는 응모자 중에서 프로듀서 특별상을 수상해, 드디어 20년 넘은 꿈이 실현되어, 본서를 집필하는 계기가 되었다.

이제 나의 다음 꿈은, 이 책을 손에 들고 전국을 다니며 강연하고, 사람들에게 살아갈 용기, 그리고 미래에의 희망을 전달하는 것이다.

여러 가지 요인이 있겠지만, 공통적으로 '내 미래에서 희망을 찾을 수 없다'고 생각하는 사람들에게 전하고 싶은 것이 있다. 힘들다. 괴롭다. 하지만 포기하지 않으면 빛은 분명히 있다. 없으면 만들면 된다. 그 진실을 전하고 싶다.

'이 사람을 만나서 다행이다.'

내가 만난 사람들에게, 내가 만난 아이들에게 그런 생각이 들게 할 수 있는 멋진 어른이 되는 것이, 내 삶이 끝날 때까지 내세운 목표이다. 힘든 이들을 웃게 해주는 것. 나는 미력하지만, 분명 무력하지는 않다. 그렇게 믿고 있다.

'사람들에게 나의 메시지를 전할 거라니, 꿈도 크구나'라고 마음 깊은 곳에서 생각하는 나도 있다.

하지만, '아이는 말한 대로 되지 않는다. 행한 대로 된다.'는 말이 있다. 내가 육아에서 소중하게 품고 있는 말 중의 하나다.

나는 가능하면 아이들은 꿈을 꾸며 살아갔으면 좋겠다고 생각한다. 물론 꿈을 꾸거나 꾸지 않는 것은 자유이고, 꿈꾸지 않는다고 초조해할 필요는 전혀 없다.

그러나 그렇게 생각한다면, 우선은 부모인 나부터 나의 꿈을 갖고 그것을 좇아 실현해가는 모습을 보여주어야 한다. '아이들이 스스로를 포기하지 않았으면 좋겠다'라고 생각한다면, 부모도 스스로를 포기하지 않고 계속해서 도전해 나가야 한다고 생각한다.

"너 때문에 엄마는 하고 싶은 것을 포기해왔어."라고 말한다면, 아이들은 얼마나 상처를 받겠는가. 그런 말을 어머니에게 듣는다면 마음이 어떻겠는가.

나 같으면 마음이 무거울 것이다.

아이의 존재를 무언가를 포기하는 이유로는 내세우지 마시라.

그러니 치장도, 내 꿈도, 나는 절대로 포기하지 않는다. 엄마인 동시에, 여자이고, 독립된 존재이다. 한 명의 인간으로서, 뒤집어지고 때로는 몸부림치면서도 자신에게 자부심을 갖고 살아가려는 나의 등을 보고, 아이들도 뭔가를 느껴줬으면 좋겠다.

마지막으로, 이 책을 손에 들어주신 누군가가, 언젠가 자신도 책을 써서 또 다른 누군가에게 희망을 전달할 수 있게 되기를 바라며, 그것이 실현될 때에는 나에게도 전해주셨으면 좋겠다.

그러면 나는 분명 이렇게 말하면서, 당신을 꼭 껴안을 것이다.

"열심히 해왔구나. 오늘까지 살아줘서 고마워."

당신이라는 생명이 앞으로도 계속 빛나기를.
세상의 모든 사람들에게 웃음과 희망이 가득하기를.

하타케야마 오리에

하이힐을 신고 휠체어를 밀다